Reincarnated baby
beloved fluffy mountain life
転生赤ちゃんの
愛され
モフモフ山暮らし
JN130000
1
空野進
Illust.れんた
GC NOVELS

わたがし
（自称：フェンリル）
赤ちゃん
（柊優希）
コン
（自称：九尾）
たぬきちさん
（自称：刑部狸）

ねこさん
（自称：白虎）
ポニー
（自称：ユニコーン）

『お前が言葉を
理解できているか
わからないが、
話しておく。
お前はこのまま
人間の世界で
暮らした方が
良いんじゃ
ないのか？』

空野進

Illust.れんた

転生赤ちゃんの愛されモフモフ山暮らし 1

Reincarnated baby beloved fluffy mountain life

CONTENTS

プロローグ

目の前にたくさんの動物たちがいる。

それは天国にも思える光景なのだが、現実であった。

「はぁ……、癒やされる……」

可愛(かわい)らしい動物を抱きしめながら僕、柊優希(ひいらぎゆうき)はだらしない笑みを浮かべていた。

毎日残業続き、週に一度休みを取れたらいいほどのブラック企業に勤めている僕は、友人とは時間が合わず、連絡を取ることがなくなってからは疎遠になっていた。

そんな僕の唯一の癒やしがモフモフカフェでたくさんの動物に囲まれることである。


人懐っこく近づいてくるマルチーズ。

ちょっとツンデレ気味にそっぽ向くマンチカン。

マイペースに食事をしているフェレット。

性格は様々で、でもそれぞれ個性があって可愛らしい。

現実のしがらみを忘れさせてくれる癒やしがそこにあった。

「家でも飼えたらいいんだけど……」

今住んでいるアパートはペット禁止のため、動物を飼うことができない。

いずれ新しい家に移り住み、今みたいにモフモフたちと暮らすのが僕の夢なのだが、今の安月給だといつになることやら……。

「あははっ、頭の上に乗られると落ちてしまうよ」

そこが落ち着くと言わんばかりに突然デブ猫が頭の上に乗ってくる。

それほど平衡感覚に優れているわけでもない僕は、デブ猫を落とさないように動くことは困難に等しく、ジッとしているしかできなかった。

デブ猫と戯れていると珍しく他のモフモフたちも近づいてくる。

「わわっ、さすがにこれは……」

あまりにもたくさん集まってきてしまったために、それに囲まれた僕はまるで巨大なモフモフのようになる。

「少し離れてよ……」

口では嫌がっている風に言っていても顔はデレてしまう。

本当に夢にしか思えない状態だった。

しかし、そんな幸せなときは長くは続かなかった。

一匹離れると一匹、また一匹と離れていってしまい、最後には頭に乗っていたデブ猫だけになってしまう。

「ナァー」

やや嗄れた声で鳴くデブ猫。

——お礼でも言っているのかな？

一鳴きするとデブ猫もネコタワーを上っていき、最上部でぐうたらするのだった。

——全員いなくなってしまった……。さ、寂しくなんてないんだからね。

そう思ったときに隙をついてか、膝の上に小柄な白いわたもこ……もとい、ポメラニアンの子犬が乗ってくる。

先ほどは多くの動物がいたから近づくこともできなかったのだろう。

自然と僕はその子を撫でていた。

「動物たちと話すことができたら、さっき何を言おうとしていたのかわかるんだけどな」

ありもしない願いを口にしながらわたもこを撫でる。

もちろん、わたもこからの返事はなく、気持ちよさそうに喉を鳴らすだけだった。

時というものは残酷で、楽しい時間はあっという間に過ぎてしまった。

——明日からまた仕事か……。

モフモフカフェから出た僕は、明日から始まる地獄の勤務を想像するとため息を吐く。

永遠にモフモフたちと暮らしたいというのはわがままな願いだということはわかる。それでも叶うなら……。

モフモフカフェのことを思い出しながらつい頬を緩めてしまう。

時刻は夕方。

空は赤と青のコントラストを描き一日の終わりを彩っていたが、こんなに色鮮やかな夕焼けを見たのは実に四年ぶりくらいだった。

あのときは就活でたくさんの企業に落ち、絶望に打ちひしがれていた。

そんなときに捨てられていた子犬を見つけ、その可愛らしい仕草に癒やされていた。

毎日通って餌をあげていたのだが、いつの間にかいなくなってしまったのだ。

きっと心優しい人に拾われていったのだろう。

そんな昔の出来事を懐かしく思っていると、横断歩道の真ん中で震えて縮こまる子犬の姿が目に映る。

――あんなところにいたら轢かれてしまう。助けないと！

気がついたときには、走り出していた。

車のクラクションが鳴り響く中、子犬を拾うとそのまま歩道の方へと放り投げた。

その瞬間に全身を強い衝撃が襲い、体が吹き飛ばされる。

痛む体に鞭を打ち、なんとか歩道の方を見ようとするが、視界がぼやけていてよく見えない。そんなときにすぐ側から子犬の鳴き声が聞こえてくる。

「くぅーん、くぅーん」

どうやら子犬が寄ってきたようだ。

――助けられてよかったよ……。

子犬が無事なことを確認し、その頭を撫でようと手を伸ばす。

しかし、僕の体はまるで自分のものではないみたいに固まって動かなかった。

徐々に瞼も重くなっていく。

そんな僕に対して子犬は何か伝えようと必死に吠えている。

「うー、わんわんわん！　わんわん！」

子犬の気持ちに応えることはできず、僕の意識は次第に闇の中へと落ちていくのだった。

――最後にあの犬、なんて言おうとしていたんだろう？

第一話　ご飯が食べたい

瞼が重い。

意識が途切れる前に誰かから『ありがとう』と感謝された気がする。

でも、それが誰だったのかまるで思い出せない。

交通事故の影響か、記憶に混濁が見られるようだった。

――助かったのかな？

まるで体が動く気配がないけど、それだけの重傷を負ってしまったのだろう。

酷（ひど）い頭痛がするけど、それでも命があるだけマシとも言えた。

幸いなことにしっかりと五感は働いているようで、周りの音を聞き取ることができた。

遠くの方で小鳥が鳴いている。

病院の中まで聞こえるのは不思議だけど、最近だと緑化とか言われているから意外と自然を感じられる造りなのかもしれない。

なぜか刺激的な風を肌で感じる。更に狼（おおかみ）の遠吠えみたいなものも聞こえる。

——最近の病院だと狼も飼ってるんだ……ってそんなわけないでしょ!?

ようやく開けることのできた目で辺りを確認しようとする。

——ぼやける……。僕、こんなに目が悪かったかな?

周りはモザイクがかかったかのようで、色くらいの判別しかできなかった。

茶色と黄色と緑と青……。

さすがに色だけだと何があるのかさっぱりわからない。

——もしかして、事故の後遺症!?

自分の意思で体が動かせないし、周りのものも見えなくなっているので急に不安に思えてくる。

病院ではなさそうだけど、なんだか柔らかい布団に寝かされているようだった。

頬に当たる心地よい感触でそのことがわかる。

まだ本調子じゃないのか、眠気が襲ってくる。

そんなときに目の前に巨大な人影が見える。

まるでのぞき込むように見てくるその巨人にどこか心地よさすら感じる。

ただそんな僕の気持ちとは裏腹に巨人はどこか悲しそうに言ってくる。

「ごめんね……。きっと彼らが助けてくれるから……」

はっきりと声を聞き取ることができなかったのだが、そう言っているように思えた。

どうやらこの巨人は女性のようだ。

——何か言わないと……。

僕は必死に言葉を発しようとする。

しかし、ちゃんとした声は出ず、ただ口をパクパクと開けるに留まっていた。

次第に離れていく巨人。


モザイクがかかった視界からは、はっきりとした大きさはわからないけど、目測で僕の三倍以上ありそうだ。

——これでもちょっとサバを読めば平均身長くらいはあるんだけどな。

さすがにそれほどの巨人がいるとは考えにくい。

そこから判断できることは……。

——夢？

普通に考えると三倍以上の大きさの人がいるはずがない。それこそ僕が小さくなっていない限り……。

そんなとき、突然僕の体が浮かび上がる。

どうやら巨人の女性が持ち上げたようだった。

俗にいう抱っこというものなのだろう。

子をあやすときにする抱っこ。そこで僕はなんだか嫌な予感がする。

――そ、そんなことないよね？　まさか僕が子供……それも動けないってことは赤ちゃんになってるなんて。しかもさっきの言葉……。僕、捨てられようとしてない!?

脳の処理が追いつかない。

考えれば考えるほど許容を越えて睡眠を欲してくる。

一日の大半を寝て過ごす赤ちゃんなら仕方ないことではあるけど、ここで寝たら僕に待っている未来は死あるのみだった。

いや、今赤ちゃんの姿になっているということは交通事故で一度は死んでしまった、ということに他ならない。

再び生を受けてまたすぐに死ぬなんてまっぴらだ。

抱っこを終えたのか、ゆっくりと僕の体が下ろされる。

――待って。どこかに行くのなら僕も一緒に連れて行って。ここで捨てられたら僕はどうやって生きていったら良いの!?

声には出せないけど、必死に何かをしようと抵抗をすると自然と泣くことはできた。

そんな僕の上から大粒の水滴が落ちてくる。

どうやら女性が泣いているようだった。

別れを悲しんでくれているのだろう。

でも、僕は連れて行ってもらえないようで、そのまま地面に下ろされる。

落ち着く柔らかい布団が頬に当たる。

なんだか周りが青いと思っていたけど、これは赤ちゃんを入れる籠(かご)、クーハンに戻された、ということだろう。

必死の泣きもむなしく、女性は遠ざかっていく。

泣くことは想像以上に体力を使うようで、僕の意思とは関係なしにそのまま寝落ちしてしまった。


次に目が覚めたときには周りには誰も居なかった。

——やってしまった……。

全く寝るつもりではなかったのだけど、今の僕は眠気にまるで抵抗ができないらしい。

大事な状況であったために、起きていられる時間のことは頭に置いておく必要がありそうだった。

状況はさきほどと何も変わっていない。

ぼやけている背景の色が変わっていないことから、眠っていたのは短時間だと思うけど。

周りには人影はなく、僕はクーハンの中で身動きが取れない。

周囲を確認しようにもまだ首は据わっていないようで、自由に動かせない。

むしろ振り子のように振り回されてしまい、とても周りを見ている余裕なんてなかった。

――詰んだ。僕、詰んだ。

もはや絶望しかない状況。それでも必死に頭を働かせてここから助かる方法を考える。

すると突然目の前に巨大な白い綿が現れる。

――なに、これ？　毛布？

不思議に思ってよく見るとその白綿は生き物であることがわかる。

巨大な白い犬。

見た目からおそらくポメラニアンだということがわかる。

名付けるなら〝わたがし〟とかが合いそうだった。

『我はフェンリルだ！』

突然どこからか声が聞こえてくる。

フェンリルと言えば強くて有名な魔物である。ゲーム上でしか見たことはないけど。

――もしかして近くにそんな魔物がいるの!?

恐怖から体が震える。

すると言葉が通じなかったと思ったのか、今度は自分が喋（しゃべ）っているとわかるようにわたがしが顔を近づけながら話してくる。

『我がフェンリルだ！』

どうやら声の主はわたがしだった。

一瞬信じられずに固まっていたけど、すぐに脳内でツッコミを入れる。

――いやいや、どう見てもポメラニアンでしょ!?

愛嬌（あいきょう）のあるクリッとした瞳。

美しくもふもふとした白銀の毛並み。

丸い体に小さな手足がついただけの可愛らしい姿。

体型だけは大きく見えるけど、それでも大きなポメラニアン以上でも以下でもない。

だからいきなりフェンリルと言われても呆（あき）れるほかなかった。

『ふっ、いきなり我のような高位な存在が現れたから驚きで言葉も出ないようだな』

――ただ喋れないだけだよ!?

わたがしはなぜか満足げに頷（うなず）いていた。

『どうして我がここに来たのか、教えてほしいだろう？　教えようか？』

やけに尊大な態度を取ろうとしてくるけど、僕はもう起きていること自体が限界だった。

ゆっくりと瞼が落ちていくことに気づかずにわたがしは話し続ける。

『あれは数日前のことだ。我の許に犬神様からの神託があったのは。送り犬の願いを叶えてこの世界に優しき人の子を送ったから力を貸してやってほしい、と言われて捜していたのだ』

説明口調のわたがしの言葉はちょうどいい子守歌代わりになり、僕の意識は完全に落ちるのだった。


ゆらゆらと心地よい動きを感じながらも、お腹辺りに違和感を覚えて目が覚める。

ゆっくり目を開けると、どういうわけか目まぐるしく光景が変わっていた。

とはいえ、緑のおそらく葉っぱみたいな何かが高速で動いているだけなのだが。

――多分だけどこれって僕が動いているよね？

微妙にクーハンが揺れている。

――そういえばなんで僕、わたがしの言葉がわかるのだろう？

なにか理由はありそうだけど、考えても答えは出ない。

でも、今のこの状況を考えると言葉がわかる方が助かる。

身動きのとれないまま考え事をしていると突然空腹感に襲われる。

——ご飯が欲しいよ。お腹空(す)いたよ。

そう思った瞬間に僕の目が潤み、声にならない嗚咽(おえつ)を出していた。

「うぇぇー、うぇぇー」

その泣き声はしっかりとわたがしの耳に聞こえてくれたようだった。

『ははは、怖くないぞ。もうじき我が居を構えている集落にたどり着く。そこまで行けばもう安心だ』

——違うよ!?　ご飯が欲しいんだよ！

泣いている理由に気づいてもらえなかったことにショックを受け、僕は更に泣き続ける。

すると、なぜか泣く声が大きくなっていく。

もしかすると感情の込め方によって泣く声の大小が変わる？

そんな考えが一瞬脳裏をよぎる。

ただ、考え事に意識が向いたせいで泣き声が小さくなり、わたがしは安心した声を出す。

『楽しいか。よし、我の本気を見せてやろう』

泣き声が小さくなったことで、僕が喜んでいると勘違いしたのか、わたがしは更に速度を上げて走り出す。

――そうじゃな……。

大泣き（はんろん）しようとしたのだが、その声は風の音にかき消される。

――痛い。風が痛いよ!?

赤ちゃんの柔肌（やわはだ）にあまり強い風はよくないのか、鋭い痛みを感じる。

お腹も依然として空いているために、感情を込める間もなく泣き声は大きくなっていくのだった。


結局、集落に着くまで何も食べさせてもらえなかった。

僕の意思と無関係に手が自然と口の方へ動き、指を吸うことで空腹を紛らわすことができた。

もちろん抜本的な解決には至っていないが、一切動けないと思っていた僕からしたら手を動かせるという事実は衝撃の出来事だった。

非常にゆっくりとした動きで頑張れば、多少なりとも指の先を動かせるだけ。

それでも泣く以外にも指を吸うことでお腹が空いたアピールができるのだ。

さらに、指を吸っていることで母乳がほしいと言っていることまでわかってもらえるかもしれない。

もちろんわたがしがそんな機微に気づくはずもなく、集落にたどり着いたのだが。

なんとなく僕の集落のイメージは貧しい村、木々で造られた古い小屋が建っていて、田畑で囲まれた田舎風の場所を想像していた。

実際は他の場所に比べるとやや開けた森。

つまりは僕が捨てられていた場所とほとんど変わりがなかったのだ。

——ここが……集落？

敢えて言うなら、おそらく食べ散らかしたものなのであろう、骨などが散らかっているくらいの差があるだけだった。

『わわっ、いつもはこんなに散らかっていないのだぞ？　本当だからな！』

わたがしは慌てて散らかっていた骨を視界外へ追いやっていた。

その後、クーハンを置く。

もちろん、指を咥えるだけで空腹を紛らわすことができるのは短時間だったために、すぐに泣くことを再開していた。

さらに泣くこと自体、想像以上に体力を使うためにだんだんと目眩がしてくる。

すでに限界が近づいているのか、泣く力が徐々に弱くなっており、運ばれていたときの大泣きは既にできなくなっていた。

『次はどうしたら良いのだ？　我、子供なんて世話したことがないぞ？』

連れてきたは良いけど、何をしたらいいかさっぱりわからないわたがしの動きが固まる。

赤ちゃんが泣き止(や)まなかったら動揺してしまうのは誰でも同じだよね。今回の場合、泣いてるのは僕だけど。

ここに住んでいるのはわたがし一匹なのか、当然のごとく母乳(ごはん)らしいものは何もない。

――人の母乳なんて贅沢は言わないよ。でも、せめてミルクを……。

『おっと、そうだった。いくら赤ちゃんでも飯が必要だったな。ちょっと獲(と)ってくるから待っておれ』

願いが通じたのか、わたがしが素早い動きでこの場から去って行った。

あの巨体でどう動いているのだろう、という不思議はあるもののとにかく今は空腹を耐えることが全てだった。

――でも、僕のご飯なんてどう取ってくるのだろう？

基本的に赤ちゃんは吸う力が弱い。でも、わたがしが哺乳瓶なんてものを持ってくるとも思えない。直接乳頭からお乳を吸うくらいしかできないけど、わかってるのかな？

そんな僕の疑問をわたがしは驚きの方法で解決していた。

『待たせたな。獲ってきたぞ』

僕の目の前に置かれたのは目を回して気絶している牛だった。

ぼんやりと白と黒の色が近づいてくると僕の期待は高まってくる。

――牛……ミルク!?

求めて止まない至高なる存在を連れて来てもらえたことに感動し、僕は目を輝かせる。

もちろんそんな態度は見せられないけど、明らかに泣く声の大きさは小さくなる。

今ここで話すことができるのなら何度も感謝を告げていただろう。

まさに僕にとっては命の恩人、いや恩犬である。

たとえフェンリルと自称していたとしても許せるどころか、僕の方からみんなに広めて回りたいと思えるほどに神々しく思える。

――それじゃあ早速ご飯を……。

すっかり泣き止んだ僕は、ワクワクする気持ちが止まらなかった。

自分では動くことができないけど、無意識に指先が牛の乳頭を掴(つか)もうとしていた。

ここまでわかってくれているのなら次の行動も決まっている。

期待を胸に抱いていると予想通りにわたがしはゆっくりと僕に近づいてくる。

ただその動きは牛の前で止まっていた。

——僕を連れて行くのじゃなくて、牛の方を連れてきてくれるのかな？

結果は同じで僕のお腹が満たされることには変わりないので、ジッと待つ。

『人は確か肉は焼いて食うんだったよな？　よし、我が真にフェンリルであることを見せてやろう。この牛をこんがりと焼いてな』

わたがしは不敵な笑みを浮かべている。

——お肉じゃなくて母乳の方だよ!?　焼いちゃったら飲めないよ！

必死に僕は違うアピールをする。

ただ、すっかり泣き疲れていた僕の声はあまり大きくならなかった。

じわりじわりと牛に近づいていくわたがし。

その瞬間に突然わたがしが何かに蹴られて飛ばされる。

わたがしは牛にぶつかり、哀れ牛（僕のご飯）は空の彼方に飛ばされていった。

——僕のご飯が……。

既に悲しさと空腹感は限界突破しており、すぐさま倒れてもおかしくないほどだった。

空腹を紛らわすために再び指を咥えてみるが、もはや何の足しにもならない。

『なにを無垢な存在に見せようとしてるの!?』

わたがしを蹴っ飛ばした存在の声が聞こえてきて、徐々にその姿が見えてくる。

ややピンクがかった白いもの。

モザイクがかかった視界から長い首、長い尻尾、頭にぴょんと生えたアホ毛が見える。

その姿から、近づいてきたのは馬……ポニーであることがわかる。

『こ、こんな所に何をしに来た？』

足跡の付いたわたがしが警戒を滲ませた低い声を出す。

『もちろん可愛い泣き声がしたから見に来たの。私、無垢なる存在が好きだし』

僕の側まで来ると舌で涙を拭ってくれる。

とは言っても赤ちゃんの僕はほとんど涙が流れてないんだけどね。

『もしかして、さっきのあれをこの子にあげようとしてたんじゃないわよね？』

『肉は基本だろ？　食事をしないと大きくなれないからな！』

『はぁ……、あなた、もう少し考えなさいよ。赤ちゃんの食事といったらミルクでしょ』

犬も馬も哺乳類だから人でなくてもその結果にたどり着くのはおかしいことではない。

やっとわかってくれる動物が来てくれた。しかもそれが可愛らしいポニーとなるとより感動を覚える。

『よし、それなら早速搾ってきて……』

『違うわよ!?　赤ちゃんへのご飯はこうするのよ！　指も咥えているでしょ!?』

歩み寄ってきたポニーが、後ろ足の間にある乳頭を僕の口へ近づけてくる。

ついに念願叶ったご飯……。

野生の動物から直接ご飯をもらうのは衛生的に良くなさそうではあるが、何よりも生きていく上でご飯がないと無理である。

体が動かないはずなのに、自然と僕の口は乳頭へと吸い寄せられるように近づいていく。

生存本能だろう。

待ち望んでいた、と意思表示するように必死になってポニーから母乳を吸っていた。

もっと勢いよく飲めると思っていたのだけど、実際はチョロチョロとしか吸えない。

とはいえ牛よりも更に人の母乳に近い成分を持つ馬の母乳。

——思ったよりも飲みにくい……。

赤ちゃんで味に敏感だからか、絶妙な甘さだった。

——んっまぁぁぁぁぁい!!　なにこれ、本当に甘くておいしいよ。

口に含まれる母乳を一飲みする度に雷が落ちたような衝撃を受ける。

今まで食べてきたどんな料理よりもこの母乳はおいしかった。

空腹を満たすべく一心不乱に飲み続けていく。

ただ乳児である僕はそれほどの量を飲むことができず、徐々に睡魔の方が勝っていく。

瞼がゆっくりと落ちていき、口が乳頭から外れるのを見たポニーは僕の背中を前足でトントンと叩いてくれる。

軽くゲップをしたあと眠気に抗えずにそのまま意識をゆっくりと手放していく。

生きるための食事を与えてくれたポニーに感謝をしながら。

——ありがとう、おやすみなさい。

ゆっくりと瞼が落ちていくそのタイミングで、ポニーがとんでもないことを言ってくる。

『やっぱり無垢なる赤ちゃんのことはユニコーンである私が一番詳しいわね』

——えっ？　ユニコーン!?

確かに少しだけピンクがかっているが白毛を持っている。

頭には角に見えなくもないアホ毛がある。

馬でもあるしユニコーンに見えると言えば……見えないよね。

ポニーはどう転んでもポニーだし、ポメラニアンはポメラニアンだ。

ただ、そんなツッコミをする気力もなく、僕はそのまま眠りにつくのだった。

第二話　なんだか気持ち悪い

眩いばかりの光が差し込むわたがしの集落。

時折吹く心地よい風に身を任せ、僕は揺蕩っていた。

非常にすっきりとした感覚。

春の穏やかな気温は、まるでこれからの平和な日常を暗示しているかのようである。

ポニーが加わったことで生活に不安がなくなり、あとは成長していくだけ。

命の危機が去ったことに安堵していた。

しかし、自分だけでは何もできないのが赤ちゃんだ。すぐに次なる問題が現れるのは必然とも言えていた。

陽の気とでも言えそうな周囲の環境にもかかわらず、一部分から負の気配が漂ってきている。

それも僕の下腹部辺りから。

——うんち、漏らしてるよね……。

先ほどまで散々ご飯をもらっていたのだから、食べたら出るのは健康な証(あかし)である。

前世の記憶がある僕からすれば、お漏らしをするなんて恥ずかしさの一つでも感じそうなものなのだけど、今の意識は虚無であった。

なにやら違和感を覚え、起きたときには既にゲームオーバー。

抵抗の一つもさせてもらえずにあえなく敗北してしまったのだから、無表情にもなる。

でも、負けてしまったものは仕方ない。

負けたからといって処刑されるわけでもなく、ただお尻が湿気やらなにやらで蒸れているだけで臭いも特にない。

サッとオムツさえ交換してもらえば元通りの心地よい赤ちゃんライフが再開される。

とりあえずここはわたがしを呼んで……。

ご飯のときに慣れた泣き声を披露しよう。

「うわぁぁぁ、うわぁぁぁ」

しっかりとした泣き声なのだが、その大きさは思いのほか小さかった。

既に自分の中で達観していることが影響しているのかもしれない。

『なんだなんだ、また飯か？』

『さっき食べたばかりだし、眠いんじゃないかしら？』

『そうか。それなら我の得意分野だな』

まるで赤ちゃんが食べると寝るしかしないとでも言いたげな二匹である。

――違う、そうじゃないよ!?

勘違いしている二匹を正そうと泣き声を大きくしようとする。

その瞬間にわたがしによってクーハンが持ち上げられ、すごい勢いで走り出していた。

『わははっ、我の素早い走りに見惚(みと)れていたであろう?』

――そんなわけあるかぁぁぁー!!

鋭い風が頬を襲い出す。

ただ、その移動による振動がクーハンから伝わってくるとなぜか眠気が襲ってくる。

――ど、どうしてこのタイミングで!?

ゆらゆらと揺らされる心地よさに抗えないのか、自然と瞼が重くなっていく。

ずっとお尻は気持ち悪いままなのに……。

――わたがし、ポニー、気づいて。このままうんちを放置するのは良くないよ。

必死に手を伸ばそうとするものの、そもそも自分の意思で動けない僕からしたらわたがしの距離は遥(はる)か遠くに感じてしまう。

結局、僕は抗えない眠気に負けてそのまま眠ってしまうのだった。

なにやら遠くから声が聞こえてきて目が覚める。

どうやらわたがしたちが話しているようだった。

耳だけは良いのが災いしてか、その声が耳に入ってくる。

『一体どうやってあんな強い力を手に入れたんだ?』

『わからないわよ。あなたがあの子に滅茶苦茶なことをしてたでしょ。だから助けたい一心で思いっきり蹴ったの。そうしたら、あれだけの威力が出たってわけ』

『……もしかして、あの子の力か?』

『ありえるわね。人間は魔力を使って独自の魔法なんてものを使うらしいから、私たちの力を増幅させる魔法があってもおかしくないわね』

『魔法……か。別に強大な魔力をそのままぶつけるだけの方が強いのにな』

『それはか弱い人間だからよ。それよりもあの子をどうするつもりなの？　私たちの力を上げる魔法を使う子、なんてどれだけ狙われるか……』

『もちろん守る！　我は犬神様と約束したのだからな。それに我まで見捨ててはあの子が一人になってしまうであろう?』

『はぁ……、あなた一匹で守れるわけないでしょ。どっちにしてもあの子にはご飯が必要でしょ？　それなら私もここにいるわ』

『……好きにしろ』

『ええ、好きにさせてもらうわ。……あらっ？　見て。あの子ったらあれだけのことをしたのに気持ちよさそうに寝ていて可愛いわね』

まだ目を開けていないからか、眠っていると思われているようだった。

そんなときに唐突に襲ってくる空腹感。

先ほどの食事からまだ何時間も経っていない。

とはいえ、うんちを出したのだからその分お腹が減るのはもはや自然の流れだった。

そんな中、ぷにぷにと前足で頬を触られる。

条件反射的に首が反対を向いてしまう。

その姿を見て二匹は頬を緩めていた。

——モフモフたちはのんきすぎるよね。僕がこんなに困っているのに……。

依然として下腹部は気持ち悪いままである。

あまりにも絶体絶命すぎる。

例えるなら新人剣士が突然四方を魔物に囲まれるくらいの危機感である。

早急に対処しないとあっさり敗北してしまう。

僕はその危機感を知らせるために目を開ける。

視界の大半が哀愁漂うオレンジで覆われており、既に時刻は夕方なのだろうと想像ができる。

『わわっ、起こしちゃったかしら?』

「うぇぇ、うぇぇ」

突然泣かれたことでポニーは慌てていた。

『ど、どうしましょう?』

『……腹減ったんじゃないのか?』

『そ、そうよね。はい、ご飯よー』

目の前にポニーの乳頭が押しつけられる。

それを僕は迷うことなく吸い始める。

『わ、我もなにか……』

『ご飯中に何もできるはずないでしょ。邪魔だからあっちに行ってて』

ポニーに怒られたわたしは、いじけて木の側で小さく丸まっていた。

かわいそうに思えてくるが、空腹の僕はもはや他に意識を向けることができなかった。

必死に乳頭を口に含むが、力が弱くてなかなか一気に吸うことができない。

それでも時間をかけて空腹を満たしていくことができた。

絶体絶命のピンチに中堅冒険者が助けに来てくれたような感覚だった。

もちろん、もう一つの危機は去っていない。

お腹が満たされたことで意識がお尻に向く。

——やっぱり気持ち悪いよね。

ご飯だけじゃ満足していないことをアピールするために、僕はゲップを出してくれたポニーの前で気合を入れて大泣きをするのだった。

「うぇぇぇ！　うぇぇぇ！」

『あらあらっ、まだ飲み足りなかったのかしら？』

——違うよ。お尻が気持ち悪いんだよ！

精一杯のアピールをするもののぜんぜん気づいてもらえない。

しかし赤ちゃんの悲しい性(サガ)か、目の前に乳頭を近づけられてしまうとつい吸ってしまう。

吸う力が弱く、量が飲めないことも影響しているのかもしれない。

ただ、吸っている間も気持ち悪さは変わらない。

そしてお尻が気になって吸う方に集中できない。

結局あまり量も飲めずに中途半端な結果となっていた。

『どうしたのかしら？　あんまり飲まなかったわね』

『いよいよ肉の出番か？』

『どうやって食べるのよ!?』

ポニーに足蹴にされるわたがしだったが、何かに気づいたのか不思議そうに顔をゆがめていた。

『……なんだか変な臭いがしないか？』

『そう？　そんな臭いしないわよ？』

——わたがし、もしかしてわかってくれたの!?

正直、僕自身もほとんど臭いを感じないのでモフモフたちの嗅覚でも気づかないものと諦めていた。それでも犬……ではなくて自称フェンリルだから人以上に嗅覚は鋭いのかもしれない。

ご飯絡みではぜんぜん活躍できなかったわたがしだけど、ここで一発逆転もあり得るかもしれない。

期待して次なる言葉を待つ。

『間違いない。ここだ！』

全く見当外れの場所を指しかねないわたがしだったけど、今回に関してはしっかりと僕のお尻の臭いを嗅いでいた。

ポニーも近づいてきて臭いの原因が布オムツにあることに気づく。

当然ながら動物たちはオムツなんて着けない。

僕の穿いているそれを見て、不思議そうに首を傾げていた。

『何かしらこの服は？』

『人間の着る服はわからない。こんなものいらないんじゃないか？』

『そうよね。そのままだと汚いよね』

まさかのオムツいらない説を二匹して話し合っていた。

お漏らしをするたびに洗わないといけないオムツ、ない方が楽なのもわかる。わかるのだけど……。

オムツを穿かずにいる自分を想像する。

下半身丸出しの自分を……。

――ダメダメ！　そんな人の尊厳を感じられない姿は。

でも、ご飯のときは僕の味方だったポニーすらも、今回はわたがしに同意している。

無情にも取られゆく布オムツ……。

慣れない足つきで何度も失敗しながらもゆっくりとオムツが脱がされてしまう。

抵抗しようにも僕にできることはない。
ただ、そこで良い考えを思いつく。
要はわたがしたちにオムツの重要性を理解してもらえばいい訳だ。
脱がされた開放感で僕は身震いをし、すぐさま下半身から水が発射される。
もちろんその水というのはおしっこである。
そして、それはちょうどオムツを取っていたわたがしにまともにかかるのだった。
『わぷっ!?』
『あははっ』
『わ、笑うな！』
ポニーが笑い続けている。
『ちっ、こういうこともあるなら先に言ってくれ』
『赤ちゃんなんだから当然でしょ？』
『今の今まで知らなかったぞ!?』
『あなたがただ知らなかっただけよ』
『くっ……』
悔しそうにしているわたがし。

『でもこれからきっと何度も掛けられるわよ。あなたがその子を運ぶのでしょう?』

『お前が……』

『私は見ての通りの細さよ。さすがに赤ん坊を乗せたら落ちてしまうわよ』

『そ、それなら我も……』

『あなたはここまで運んできた実績があるでしょ?』

『ぐっ。きっと大丈夫だ。この子は動いている途中で漏らしたりなんてしない……』

期待の籠もったまなざしを向けてくる。

だがもちろん、下半身モロ出しにされるのなら全力で掛ける!

そう強く決意し、にっこりと微笑む。

『ほらっ、見てみろ。コイツも我に掛けないと言っているぞ』

『どうかしらね? 私には〝全力で掛けてやる!〟って言ってるように見えるわよ?』

『それなら試してやろう』

わたがしはオムツを投げ捨てると、そのまま僕に両足をそえてきた。

大切な布オムツは地面に置かれたまま。いや、犬がうんちを処理するように砂をかけられてるのだけど……。

——また穿くよ!? そんなめちゃくちゃに扱わないで!

オムツへと手を伸ばそうとすると、突然頭がグワングワンを揺れて制御が利かない。

どうやらわたがしが僕を持ち上げて背中へと乗せているようだった。

――落ちる。落ちちゃうよ!?

クーハンで運ばれる安定性はなく、いつ落ちてもおかしくない。

それに直(じか)に乗せられたために白い毛が下腹部をくすぐってくる。

――くすぐったいよ。やっぱりオムツは必要だよ！

精一杯のアピールをするために僕はとあることを企(たくら)むのだった。

それにしても、直に背負われているといつ落ちてしまうかという恐怖が襲ってくる。

赤ん坊である僕が大きなわたがしの背中から落ちたらただでは済まない。

一応無意識のうちにわたがしの毛は掴んでいるのだけど、自分の体重を支えられるとは到底思えない。

一応フェンリルを名乗っているのだから、何かあったときには回復魔法の一つでも使ってくれるのだろう。とはいえ、やはり動かれると恐怖の方が勝ってしまう。

――落ちる、落ちる、落ちる!!

必死に泣き声でアピールをしているのだけど……。

『ふふふっ、楽しいか。それなら更に速度を上げてやろう』

更にわたがしは速く走る。

いつ落ちてもおかしくない恐怖と下半身の開放感から再び尿意がこみ上げてくる。

残念ながら大きい方ではないものの、それでもわたがしにオムツの重要性を理解してもらうには十分だ。

まもなくおしっこが出るというサインとして、下腹部についている可愛らしいものが立ち上がる。

それを見ることができたなら、わたがしですら何かあると気をつけたのだろうけど、今の彼は走るのに夢中で僕のことは一切見ていない。

だからこそ僕は誰にも気づかれることなく、わたがしを攻撃することに成功するのだった。

なんとも言えない心地よさと共に、わたがしの背中という高さからの放水はとてもキレイな虹を作り上げる。

『……なんだ、この温かさは』

わたがしが不思議そうにしているが、その水の放たれているところを確認して目を大きく見開く。

『って、おしっこじゃないか!?　お漏らしをしないって言ったじゃないか!?』

——誰もそんなことを言ってないよ？　むしろオムツの重要さを理解してもらうために漏らすつもりだったし。

そんなことを考えながらも満足した僕に睡魔が襲いかかってくる。

何やら騒いでいるわたがしの声を子守歌に、僕はゆっくり目を閉じるのだった。

ゆっくりと目を開けると下腹部の開放感が失われており、ゴワゴワとした布が着けられていた。

どうやらオムツがわりに何かの布を用意してくれたのだろう。

『あの籠に予備の服があってよかったわね』

『まったくだ。もう直接かけられるのはこりごりだ』

直接おしっこを掛けられたショックは大きかったようで、わたがしもずいぶんと反省しているようだった。

砂をかけられたオムツもどこかで洗ってきたのか、水滴を落としながら木の枝に掛けられていた。

ようやく人としての尊厳を保てたことに安堵するも、どこか残念な気持ちを抱かずにはいられなかった。開放感は得難いものだったのだ。

——悩ましいところだね。

あとはどうしてもお漏らしをしたときには、オムツの中が蒸れてしまうのだ。

これを放っておくと痒くなってきたり、赤くかぶれて痛くなったりするだろう。

なんとかお漏らしをした際に伝える方法を考えないといけない。

そんなことを思いながらも自然と僕は下腹部に力を込める動きをしていた。

食べる、トイレ、寝る、くらいしか活動できない赤ちゃん。

つまり目を覚ましてもお腹が空いていないということは、そういうことなのだろう。

自然と気張る体勢となり、小さな空気が漏れる音と共に大きい方……とはいえ赤ちゃんがするうんちだから水のようなものが出てしまう。

すると、次の瞬間にオムツが外され新しいオムツへと交換されていた。

目にも留まらぬスピード。

一体誰が、と思ったがわたがしが交換前のオムツを咥えているので彼がやってくれたのだろう。

『な、なんだ、今の速度は!?』

わたがしも自身が何をしたのか理解しておらず、驚きの表情を見せていた。

『どうしたの？　とつぜん服なんて食べて』

『食べてない！　こいつから変な臭いがしたと思ったから交換しようとしただけだ。ただ、今までと比べてあまりにも早く動けた気がしてな』

『私の前の力と同じ、ってことかしら？』

『そうかもしれないな。やはりこいつは魔法使い……、いや、賢者の素質でもあるのかもしれん』

『とにかく今の話は内緒よ。誰かに聞かれでもしたらこの子の争奪戦が起こるかもしれないからね』

『わかっている。そもそも発動条件すらわかっていないからな』

『ところで……』

ポニーはジッとわたがしの口元を眺めていた。

『やっぱりそれ、食べるの？　好物なの？　ずっと口に咥えたままだけど？』

『食べるわけないだろ!?　洗ってくる！』

わたがしは顔を真っ赤にして大急ぎで川へと向かって行った。

どうやらもうお漏らしの心配もいらないらしい。

むしろこの速度で交換してくれるのなら心配事は何一つない……。

僕は安心し、またしても眠りにつくのだった。

第三話　睡眠と襲撃

日が落ち、暗闇の中に幾重にも光り輝く星。

元の世界じゃ街中の光が邪魔をして、そこまで綺麗に見ることはできなかった。

もちろん、今の僕の視界は暗闇の中にぼんやりと光のモザイクが広がっているだけにしか見えないけど、それでもモザイクの量の多さからたくさんの星が輝いていることくらいは理解できた。

食事とオムツという二大問題点を解決することができた僕に、もう敵はない。

そんな安心からぐっすりと眠ることができた結果、気がつくと僕は転生してから初めての夜を迎えようとしていた。

いや、ぐっすりと言って良いのかはわからない。

なにせすぐにお腹が空く。

空いたら飢餓感に襲われ、泣かずにはいられない。

「うぇぇ……、うぇぇ……」

僕の隣で寝ているポニーが泣き声に気づいてゆっくり起きる。

『……どうしたの？　ご飯かしら？』

『さ、さすがにこうも何度も起きられるとキツいな』

時間が真夜中ということもあり、わたがしも眠そうな声を出していた。

まだ、拾ってきて一日だからどうにかなっている部分もある。

でも、これが何日も続くとわたがしたちにも疲れが出て、「もう育てるのは嫌だ。捨ててくる！」とかいうことになりかねない。

――僕にできる範囲で我慢しないと！

そう固い決心をすると、必死になってポニーからご飯を多めにもらうのだった。


――はっ!?

ご飯をもらっていたはずがいつの間にか眠っていたらしい。

僕は飛び起きるように目を覚ましていた。

もちろんこれで体が動かせるのなら万々歳なのだけど、手がゆっくりと動かせるくらいで、足もまた同様。

寝返りはできないし、ハイハイなんてもってのほかである。

むしろ自分の意思とは無関係に、条件反射的に体が動き制御ができないのだ。

誰かに頼るしかできないからこそ、種族も違うのに僕の世話をしてくれているわたがしとポニーには感謝してもしたりなかった。

——何かお礼ができるといいのだけど……。

そんなことを考えていると自然と手足が強張（こわば）り、そして……。


ぷぅぅ……。


お尻から甲高い音が鳴り、それと同時に水のようなアレが出てしまう。

——あっ、またやっちゃった……。

できれば二匹にはゆっくりと休んでもらいたかったのだけど、出てしまったからには呼ぶしかない。

時間はさっきのご飯から少ししか経ってない……気がする。

時計もなければ、はっきりと目が見えるわけでもない。

ぼんやりと見える空には星がまだ輝いており、何時間も過ぎたように思えなかった。

できればこのお漏らしは隠しておきたい。そうすることで二匹が少しでも長く寝られるのなら……。

だが、そんな気遣いはこの体だとできないようである。

「うぇぇっ……」

自然と漏れる声。その声は自然と大きくなっていく。

こうして、僕の固い決心とは裏腹に、何度も夜泣きをして二匹を起こしてしまうのだった。

◇◇◇◇◇◇

昼夜問わずに何度も二匹の世話になってしまう生活も早一週間が過ぎようとしていた。

しっかりとご飯ももらえている僕は、動けないこと以外何不自由なく暮らせている。

そんな僕とは対照的に、わたがしとポニーは体調が悪そうである。

夜泣きをしている僕のせいで二匹ともまともに寝られていないのだ。

大丈夫かな、と不安に思いながら二匹を見ているとわたがしが前足を僕の頭に載せてくる。

『あなた、大丈夫？　夜は私に任せてくれても良いのよ？』

『ふっ、我を誰と心得る⁉』

偉そうにわたがしは鼻を鳴らしていた。そんな姿を見たポニーがため息交じりに言う。

『犬でしょ？』

『ちがわい‼　我こそは最強種であるフェンリル。この程度で疲れるはずもなかろう』

『ならこの子をお願いね。私は寝るわ』

『なっ⁉　ちょ、ちょっと待て⁉　た、確かに我は最強種ではあるができることとできないことがあろう⁉』

『わかっているわよ。最強種のもこもこさんはこの子の枕になるしか能がないものね』

『くっ、我を甘く見るな！　服も替えられるぞ！』

『それしかできないじゃない。それに服は私も替えてるわよ』

『ぐっ……。そ、そんなことない――』

その瞬間にわたがしたちは口を閉ざし、森の奥を見ていた。

『そこにいることは気づいているぞ！　出てこい‼』

わたがしが叫ぶとニヤけ顔をした巨大な生物が姿を見せる。

わたがしとほとんど同じくらいの大きさだろうか？　茶色い毛並みのモフモフとした姿。

〝ねこさん〟かな。

撫でさせてくれるかはわからないけど、とりあえずモフりたい。

大きさ的にメインクーンに見える。穏やかで人懐こくて優しい性格をしててもおかしくない。

クーハンがわりの布団とかになってくれないかな？

この体が自由に動かせるのなら、思いっきり抱きついてその毛を全身で味わいたい。

目を輝かせながらねこさんを見ていた僕だけど、わたがしたちは警戒心を露わにしていた。

『どうしてお前がこんなところにいる？』

『この辺に居着いている犬ころが、最近変わった趣味にうつつを抜かしていると聞いたからな。それなら代わりに俺様がこの辺りを支配してやろうと思ったんだ』

残念ながら語尾に「にゃー」とはつかないようだ。

そもそも中々渋い声をしているのも、その見た目からは考えられない。

とはいえ、二匹の声がもし理解できなかったら、おそらくはただ「わんわん」「にゃーにゃー」という鳴き声にしか聞こえていなかっただろう。

その様子を想像すると、思わず笑みがこぼれる。

もちろん赤ちゃんの体では、少し口が開く程度でしかなかったのだが。

『誰が犬ころだ!?　お前こそただの野良猫ではないか！』

『この俺様に喧嘩を売るつもりか？』

チラッと僕の方に視線を向けてくるねこさん。

『この最強と謳われる白虎様にたかが犬ころが？』

――いやいや、そもそも毛の色が茶色いでしょ？　さすがにその状態で白虎は無理がありすぎるよね!?　せめてただの虎でしょ!?

『白虎!?　あははは っ、お前がそんな最強種のはずがないだろ？　野良猫が精々の癖に』

あざ笑うわたがしに対して、ねこさんは怒りを露わにする。

もちろんその姿からはぜんぜん怒っているようには見えないが。

『俺様に喧嘩を売るつもりか？　もちろん買うぜ』

鋭い爪を見せつけてくるねこさんだが、そのほとんどが毛で隠れているためにあまり恐ろしさは感じない。

『本気のてめぇとやり合えないのは残念だが、そのガキを飼い始めたのが運の尽きだと思うんだな』

『そう思うのなら、それがお前の限界ということだろ？　いいからかかってこい』

『ぐっ、後悔するなよ』

白いモコモコと茶色いモコモコがじゃれ合い始める。ややわたがしが押されているように思える。

――入りたい。モフの間に入って埋もれたい。

そんな願いが通じたのか、ポニーが僕に近づいてくる。

『まったく、いくつになっても子供なんだから。ここは危ないから少し離れていましょうね』

呆れ口調でクーハンを引きずっていく。

確かに見た目は可愛いけど、周りの被害は甚大である。

それなりの大きさをした二匹がじゃれあっているのだから。

赤ちゃんである僕が二匹の間に挟まってしまったら、命の危険があることは必然である。

それと、遠く手の届かないモコモコよりも今の自分には目の前にある母乳(ごはん)の方が大事である。

口を近づけて目の前にいるポニーからご飯をもらう。

『こんなときに……』

呆れ口調ながらも優しい声を掛けてくれる。

すると、その瞬間に巨大怪獣二匹の動きが止まっていた。

『わ、我はお前のために駄猫と戦っていたのに……』

『くっ、人間の子供なんかに俺様が』

ねこさんは口調で必死に抵抗しているものの顔はすっかりだらけきっており、孫を溺愛するおじいちゃんの顔をしていた。

とはいえ、それよりもご飯の方が大事で……。


ビュッ。


「っ!?」

突然何かが側を通り、僕は思わず乳頭から口を離していた。

『げぎゃやぎゃっ』

飛んできたものの方向には気持ち悪い声を上げている何かがいた。

すると次の瞬間、ポニーは僕を守るように覆い被（かぶ）さってくる。

『ゴブリン風情が何のようだ？　死にたいのか？』

わたがしがいつもと違う威圧感のある声を出す。

『げぎゃやぎゃ。弱っている家畜を襲って何が悪い？』

複数いる影から一匹が前に出てくる。

まわりとは違い、やや豪華な装備をしているように見えた。


そのとき僕の額に水のようなものがつく。

色合いだけはちゃんと判断できる僕にはそれが血のように思えた。

——まさか僕を庇って!?

種族も違う、何もできない僕を庇ってくれたポニー。

——突然襲ってくる種族がいるなんて。

改めてここが平和な前の世界ではないことを思い知らされる。

「おぎゃぁ、おぎゃぁ」

ポニーを傷つけた相手に一矢報いたい。

でも、僕にできることはただ泣くことだけだった。

『っ!?　お前たち!!　こいつを傷つけたな!!』

わたがしがこれ以上ないくらいに怒りを露わにしており、その毛は逆立っているようにも見えた。

僕の額にはポニーの血がついていた。

まるで僕自身が怪我をしたみたいに。

『げぎゃぎゃ。弱っている家畜に何ができる。そのガキもろとも殺してやる。かかれ!!』

『こいつを殺すだと？』

わたがしは怒りのあまり震えていた。

『舐めるな!!』

わたがしが咆哮を上げる。

するとその瞬間に口からとてつもない風が放たれて、それは木々をなぎ倒し、ゴブリンたちは遥か彼方へと吹き飛ばされてしまう。

『へっ？』

信じられない出来事に、わたがしは自ら思わず声を漏らしていた。

『て、てめぇ、そんなことができたのか……』

驚くねこさん。しかし、わたがしはそれ以上に驚いていた。

『で、できるわけな……。いや、この程度、余裕に決まっているだろ？　我を誰だと思っている？　最強種フェンリルだぞ？』

すぐに否定しようとしたわたがしだったが、僕が起きて聞いていることに気づき、そのまま押し通すことにしたようだ。

『そんなことを言ってこの子が怯えたらどうするのよ？』

ポニーがしっかりと体を起こして言う。

――大丈夫なの？　怪我をしてたはずじゃ……。

不安げな僕の表情を見たポニーは「わたがしに怯えている」と受け取っていた。

だが、わたがしが本当にフェンリルならあのくらいできてもおかしくないかも。

とんでもない速度で走ったりとか色々と常識外の存在ではあるし、そもそも僕に理解できる声で話していることからも、もうただの犬とは考えられずにはいた。

――すっごく大きいしね。

『そ、そうだ!?　そいつは大丈夫なのか？　怪我は……』

『大丈夫よ。この子に怪我はないから。そもそも怪我をしたのは私だしね』

ポニーは軽くたてがみの毛を揺らす。

するとそこには切り傷の塞がったあとがあった。

『治ってないか？』

『えっ!?　嘘でしょ？』

ポニーは必死に自分の傷痕を見ようとするが、とうぜんながら自分で見られる場所ではなく、その場で回っているだけに過ぎなかった。

『はぁ……、はぁ……』

『自分で見られる場所じゃないだろ？』

『そ、それもそうね。でも、こんなに早く治るなんて……』

『お前はユニコーン（笑）なんだろ？　それなら治癒能力で治ったんじゃないのか？』

『……もう一度蹴られたいのかしら？』

わたがしとポニーが楽しそうに笑い合っている。

話に入れないねこさんはキョトンとしていた。

『俺様には全く話が見えないが？』

『あっ、ちょっと待ってくれるかしら。この子のご飯の時間だから。中断させてしまってごめんね』

僕の前に乳頭が向けられる。

もっとみんなの話を聞いていたかったんだけどな。ご飯を出されるとそのまま眠くなってしまうから。

でも、出されたご飯を拒否できるほど、この体は我慢強くできていない。

むしろ本能に抗うことができずにそのまま母乳を吸ってしまう。

もうポニーの体が大丈夫だとわかったのだから遠慮することもない。

クーハンで眠っている赤ちゃんをわたがしとねこさんとポニーが並んで眺めていた。

『我の拾ってきた子は可愛いだろ?』

『ふ、ふんっ。まぁ、そこそこだな』

『くくっ、そういうことにしておいてやる』

『しかし、さっきのはどういう原理なんだ? 確かにてめぇは俺様より……、いや、俺様と同じくらいの力は持っていたが――』

『お前と同じはずがないだろ?』

『はいはい、そこで食ってかかると話がややこしいことになるでしょ』

『むっ、それはそうだが』

『とりあえず、どうもこの子を守ろうとするととてつもない力が出るみたいなの』

『本当か!?』

ねこさんがとんでもなく食いついている。

『さっき見ただろ? さすがの我でもあれほどの力は発揮できないぞ』

『た、確かに……』

『私もあんな治癒能力は持ってないわよ。一瞬で傷を治療できるなんて、再生を司るフェニックスでもなければ無理よ』

『つまりはそういうことだ。だからこそ我らはこの子を守る必要があるのだ』

『理由はわかった。そんなことなら俺様も一口噛ませろ』

『この子を食べる気なら蹴っ飛ばすわよ!?』

『ちげーよ!?』

問答無用に蹴られそうになり、ねこさんは慌てて否定をする。

『とにかく、この子を守るなら今みたいに少数で集まるだけじゃダメだな。何か問題が起こったときに困る』

ねこさんが真面目な顔をして言う。

『我が全てどうにかする』

『てめぇは俺様に倒されそうになっていただろ?』

『手加減していただけだ』

『はいはい、そこまで。この子が起きちゃうでしょ？　それよりも私ももっと数を集めるのは賛成よ。でも、この子の力を知った上で信頼できる相手だけね』

『そんな奴いるか？』

『はっ、他の奴らと全く交流しないお前の信望はその程度だろうな。数集めは俺様に任せな。何匹か心当たりを聞いてやる』

『……どうしてそこまでするんだ？　この子を拾った我と違ってお前はそんなことしなくていいんだぞ？』

『……力が欲しいだけだ。こいつが可愛いからなんてことはないぞ!?』

必死になって言うねこさんだったが、わたがしたちは声を上げて笑うのだった。

第四話　集落

僕が転生して早一ヶ月が過ぎようとしていた。

ゴブリン襲撃以上の問題らしい問題は起きず、僕は毎日わたがしとポニーに迷惑を掛けながら生活していた。

世話をしてくれる二匹にはどれだけ感謝してもしたりないくらいである。

何か僕からも恩を返せると良いのだけど。

そもそもまともに動くことすらできないこの身では、今は何一つできることはなかった。

ただ、僕の生活も少しずつ安定してきて、夜に目覚める回数は減ってきている。

そのおかげで前までまともに寝られなかった二匹もずいぶん顔色が良くなっていた。

そんなことを考えていたら、巨大な茶色い物体が目に映る。

『おう、戻ったぞ?』

『戻らなくてもいいのにな』

『なんだなんだ、やる気か!?　受けて立つぞ?』

『はいはい、喧嘩ならよそでやってね。そうでなくてもあなたは力が上がってるんでしょ？　この子に被害が出たら大変よ』

『それもそうだな。済まなかった』

わたがしがなぜか僕に謝ってくる。

――もっと二匹が、わたがしとねこさんが、じゃれ合っているところを見ていたかったな。


『ところで、この集落に来てくれそうな相手はいたの？』

『ふふふっ、驚くなよ』

――意味深に間を空けるねこさんも可愛いな。

そんな明後日(あさって)のことを考えていると、僕たちの周りを突如として現れたたくさんの動物たちが取り囲んだ。

犬や猫などは当然ながら、馬や鹿、牛や羊、挙げ句の果てにはニワトリやタヌキ、子供まで……。

――って人ぉぉぉ！？！？

ねこさんの連れてきた動物たちの中に、まさかの人の子供が紛れ込んでいて、僕は大きく目を見開いた。

状況を知りたいが故にちょっとだけ泣く。

「うぇぇ、うぇぇ」

『あらっ、さっき食べたばかりなのにもうご飯かしら？』

ポニーが僕に近づいてくるが、そのときにはすでに泣き止んでいる。

『ご飯じゃないの？　それならお漏らし？』

『いや、何も臭いはしないぞ』

わたがしのオムツ替え速度はもはや人をも超えている。元々人じゃないけどね。

それもそのはずで類いまれなる嗅覚からいち早くお漏らしを察し、即座にオムツを交換してくれるのだ。

たまに早すぎて、お漏らし途中に替えようとしてわたがし自身にかかってしまうのも、もはやご愛嬌である。

『ご飯でもお漏らしでもないとなるとなにかしら？』

不思議そうにしているポニー。

――その子供に用事があるんだよ。

再び視線を向けるとそこにいたのはキツネだった。

僕は何度も瞬きをして確認したけど、やはりキツネで人ではなかった。

人恋しさから夢でも見ていたのだろうか？

すっかり興味を失ってしまい、僕はそのまま眠ってしまおうかと目を閉じかける。

すると、目の前に再び可愛らしい少女が現れる。

『この子がわらわの力を高めてくれるという賢者様かの？』

少女はツンツンと僕の頬を突いてくる。

黄色の長い髪をしており、幼いながらも整った顔立ち、浴衣ドレスを着ていた。

ここだけを見るのなら完全に人である。

ただ、残念なことに少女の頭にはキツネ耳があり、お尻の辺りには大きくフサフサな尻尾があった。

——獣人？　ううん、さっきまでいなかったことを考えると……。

少女は一瞬で、その姿をキツネに戻した。

わたがしと比べるとかなり小柄なキツネさん。

赤と黄色の毛をしており、クーハンの周りを回っている。

——キツネさんには化ける能力があるって話だけど、ここだと本当に化けられるんだね。

もしかしたら彼女なりに僕を安心させようとしてくれたのかもしれない。

『普通の子だねー』
間延びした口調で話しているのは、キツネさんの隣にいたタヌキである。
ぽっこりお腹の可愛らしいタヌキ。〝たぬきち〟さんって感じだよね。
顔は動かせないけど、心の中で頷いて満足していた。
『こいつらが俺様の連れてきた自慢の奴らだ』
『わらわは九尾なのじゃ！』
キツネさんは九尾を名乗っていた。
——見た目はキツネさん……、ううん、小柄だし〝コン〟って呼ぶことにしよう。
どう見ても尻尾が一つしかない。しかもモフモフと柔らかそうな尻尾である。
あの尻尾、触らせてくれないかな？
枕とかにさせてもらえたら気持ちよさそうだな。
そういえばさっきは少女に化けていたけど、大人の女性に化けたら母乳も出るのかな？
出るならポニーと合わせてご飯にバリエーションが生まれるのだけど。
とはいえ、あまり化けるのは長続きしなそうなので期待は薄かった。
『先ほどのは魔法か？』
『化け術なのじゃ。わらわの能力じゃな』

——能力？　魔法じゃないの？

この世界に来て初めて聞く言葉に僕は耳を傾けていた。

転生なんてことが起こるのだから、そういったものがある可能性は考えていた。

わたがしもポニーもまるでそういった力を使う様子がなかったので、この世界には存在しないのだと思っていた。

でも、今はっきりとその言葉を聞いたことで、この世界には実際にそういった能力があることもわかった。

ということは、もしかしたら僕もそんな力があるのかもしれない。

例えば、こう手を前に突き出して……。

実際には自然と手を空に向けて上げていたので、魔法が使えないかを試してみた。

——体を流れる魔力を感じて……、よくわからないけどどこかに流れているのだろうし、そこの過程は飛ばして、詠唱……、当然ながら赤ちゃんの口から何かを発することができるはずもないので、すっ飛ばして、いけ！　火の玉（ファイアーボール）!!

脳裏でしっかりと、それっぽい呪文名を唱える。

本当にこの名前で合っているのかはわからないけど、一般的にゲームだとよく聞く魔法名なので使ってみた。

…………。

僕の期待も虚しく何か起きる気配はまるでなかった。

『うんちでも気張ってるのかえ？』

どうやら魔法を使おうと力んでいる姿が、そう見えたようだ。

『あっ、まて。まだ臭いはしていな――』

わたがしの制止を振り切り、下腹部が開放される。

その開放感から勢いよく放たれる水魔法。

それがまともにコンにかかる。

満足げな表情を浮かべる僕とは違い、まともに聖水を浴びたコンはなんとも言えない表情のまま固まっていた。

ポタポタと滴り落ちる水。

やることをやった僕は自然と瞼が重たくなっていくが、コンは怒りのあまり震えだしていた。

『に、人間の分際でわらわの大切な毛を――』

コンが僕に飛びかかってこようとした瞬間にねこさんが間に立ち塞がる。

『子供のしたことだ。許してやれ』

『し、しかし……』

『それともなんだ？　この子を襲うということは俺様たちを相手にするということになるが？』

ねこさんが鋭い爪をコンに見せる。

『くっ、わかったのじゃ。すまぬな』

そう言うとコンはそそくさと集落の奥へと向かって行く。

『許してあげてほしいの。あの子も本気で怒っていたわけじゃないの。ただ驚いてしまっただけなの』

たぬきちさんが必死にコンのフォローをしていた。

『この子が傷つけられたら俺様たちが許さない。それだけをわかってくれたらいい』

『ありがとーなの』

なんだろう。いつの間にかねこさんが僕の力になってくれている。

これなら全身をモフモフさせてもらえる日も近いかもしれない。

そして、たぬきちさんはモフモフ、というよりはお腹のプニプニ具合とか触ってみたい。

僕はいよいよ眠くなり、ゆっくりと瞼を閉じていく。

ぼんやりとする意識の中、最後に聞こえてきたのはやってきた動物たちの自己紹介だった。

『こけーっ。私こそが最強無敵のフェニックスなのだ！』

どこをどうとってもニワトリだね。〝こけーっ〟って言ってるし。

脳内でそんなツッコミを入れつつ、そのまま意識を落とすのだった。


しばらくしてお腹が空いたので目が覚めた。

それと同時に、見事な泣き声をあげて指を咥えるのも忘れない。

まさにパーフェクトなコンボである。

ここまで決めるとポニーはすぐにご飯だと気づいてくれる。

もちろん、上手く指を咥えられるかは運によるところが大きいので、毎回成功するわけではないのだが。

「おぎゃぁ、おぎゃぁ」

『はいはい、お乳の時間ね』

流れ作業でポニーが近づいてくる。

でも、その瞬間に僕の体が浮かび上がっていた。

『そ、そのくらいわらわでもできるのじゃ』

少女に化けたコンが僕を抱きかかえているようだった。

妙に安定しなくて頭がぐらぐらと動く。

まだまだ首が据わっていないのだから、持ち方一つにも気をつけないといけないのだけど、そんなことをコンが知る由もなかった。

『ほれっ、ご飯じゃぞ』

不安定な体勢のまま、僕の顔はコンの胸元へと寄せられていく。

人間の少女、大体十歳くらいに化けているコンはとてもじゃないけど母乳が出るとは思えない。だが、赤ちゃんの本能で僕の口は無意識に動いてしまっていた。

すると、その瞬間に〝ポンッ〟と心地よい音がなり、コンは元のキツネの姿へと戻っていた。

少女よりも更に小柄なキツネさんに。

もちろん突然そんなことが起こったのだから、僕に待ち受けている結果も一つだった。

——落ちる落ちる！

支えていたものがなくなった結果、僕の体は空中より自由落下し始めるのだった。

もちろんそれだけではない。

受け止めてくれる相手が側にいないのだ。

大慌てで向かってくるわたがしやねこさんは当然ながら、即座に反応しきれなかったポニーも受け止められるかと聞かれたら、まず難しい。

身長の二倍ほどの高さからの落下。

しかも、赤ちゃんの体でそれに耐えることなんて……。


ポヨヨン……。


硬い地面に激突したはずなのに、なぜかとても柔らかかった。

敢えて言うなら抱き枕のような心地よさである。

『大丈夫ー？』

のんびりした口調が地面の方から聞こえてくる。

――たぬきちさん!?　いつの間に。

全くいることに気がついていなかったけど、僕を地面との衝突から守ってくれたのはたぬきちさんだった。
そのふくよかなお腹の柔らかさはいつまでも触っていたくなるほどだ。
――僕、クーハンの代わりに一生ここにいる……。
まさに人をダメにするタヌキのお腹(クッション)。
もちろん、まだまだ自分で動けないために肌で感じる以上に触ることはできない。
それでももうここから離れたくないほどである。
でも、無情にも空腹感が僕を襲う。
ポニーからご飯をもらえると思っていたのに、お預けを喰(く)らった状態なのだ。
「うぇぇ、うぇぇ」
『怖かったよねー。はい、どうぞ』
たぬきちさんがポニーに僕を渡す。
すごく残念な気持ちになるけど、それ以上にご飯が大事だった。
今度こそ邪魔してくるモフモフはいなくて、ポニーからご飯をもらうことができた。
ただ、その光景をコンは悔しそうに見ていた。
『わ、わらわだって、わらわだって……』
『それよりも先に言うことがあるよねー?』

『す、すまぬ。わらわが悪かったのじゃ』

たぬきちさんに言われてコンは素直に謝ってくる。

確かに危なかったけど、コン自身もできることをしようと頑張ってくれたわけだし怒ることはできないよね。そもそも声も出せないし。

『どうしてそんなことをしたのかしら？　ご飯ならいつも私が上げてるよね？』

『馬であるこやつが一匹でご飯を担当するなんて大変であろう？　わらわも手伝って少しでもお仕事を減らしたかったのじゃ』

涙目で頬を膨らませているコン。

彼女は彼女なりにポニーのことを思って行動をしてくれたようだ。

結果は伴わなかったみたいだけど。

そのことにポニーも少し驚いていたようだった。

『ありがとうね。でも、私はユニコーンよ。そこは間違えないでね』

僕のことを怒っていた以上に迫力のある顔を見せる。

そのあまりの威圧にコンは表情を強張らせて頷いていた。

『わ、わかったのじゃ、すまぬ』

『うんうん、わかってくれたらいいわよ。それにこのお仕事は私にしかできないことなの。

キツネちゃんももっと大きくなったらできるようになるからね』

『わ、わらわもキツネじゃなくてき、九尾……なのじゃ』

『わかってるわよ、キツネちゃん』

『全然わかってないのじゃ……』

人の話を聞かないポニー。

前足で優しくコンの頭を撫でていた。

『大丈夫よ。一歩ずつ頑張りましょう』

『うむ、わかったのじゃ』

コンは涙を浮かべながら何度も頷いていたが、自然とそのまま僕の隣で眠ってしまった。

『ふふっ、可愛らしいわね』

僕とコンが並んでいるのをポニーは笑顔で眺めていた。

小柄なキツネに戻ったコンの大きさは、今の僕とそう変わりはない。

モフモフたちから見たら子供が並んで寝ているように見えるのかもしれない。

僕も目は閉じているもののまだ眠気が襲ってこなかったので、周囲の音を聞いていた。

すると、ポニーのような足音を鳴らしながら誰かが近づいてきていた。

『あらあらっ、清浄なるもの(ユニコーン)を名乗ってる嘘つき馬がいるわね』

誰が来たのかとゆっくりと目を開ける。

するとポニーに話しかけていたのは、逞しい二本の角が生えた鹿だった。

でも口調が雌っぽかったのに角が生えているのはおかしいよね？

耳と見間違えたのかな？

『そういうあなたこそお飾りなんて付けて、偽物じゃないかしら？』

『こ、これは私がバイコーンである証ですわよ!?　決して偽物なんかじゃありませんからね』

声を荒くする自称バイコーン。


ポロッ。


そんな効果音が聞こえてきそうなほど、あっさり角が落ちて、しばらく二匹と僕を沈黙が襲っていた。

自称バイコーンは、無言のまま落ちた角を口に咥えると頭に再び付け直した。

そして、なぜか二度目の自己紹介をする。

『私こそがバイコーンですわよ！』

――いやいや、どう考えても無理があるよね!?

他のモフモフたちもやたらと自分を大きく見せようと主張していたけど、この子が一番あり得ない主張をしている。

ただの鹿だし、雌だから角がないし、そもそもバイコーンを名乗るためだけに無理して頭に角を付けてるし。

それがポロッと落ちて……、ポロって……。

うん、もうこの子はポロでいいや。

あまりにも角が落ちた印象が強すぎて、それ以外考えられなくなってしまう。

『はいはい、それでお鹿様は私に一体なんの用かしら？』

『鹿ではありませんわよ!?　私はバイコーン。それ以上でも以下でもありませんわ』

『どっちでもいいよ。それで鹿コーンさんは何の用かしら？　ここで騒いでいるとこの子が泣いてしまうのだけど』

『な、なんですか。その珍種みたいな名前は!?　こほんっ、まぁ貴方(あなた)に名乗る名なんてありませんでしたわね。それよりも、その子にお乳をあげるのは不浄の象徴たるバイコーン、つまり私であるべきではありませんこと？』

なぜか偉そうに角を張るポロ。

――鹿せんべいをあげたら喜んで食べてくれそう……。

『清浄なユニコーンでもお乳くらい出るわよ！　この子が神からの授かり物だからでしょうね』

『本当かしら？　実際は貴方も不浄なるものじゃないのかしら？』

グイグイとポニーに近づくポロ。

あまりにもしつこいものだから、ポニーの眉間に皺（しわ）が寄っているように見える。

――あんなに怒らせたらわたがしの二の舞に……。

そう思ったときには手遅れだった。

ポニーの必殺後ろ足蹴りがポロの顔をかすめていた。

『私はユニコーンよ』

ポロッととれる片方の角。

慌ててそれを拾うポロ。

『わ、わ、わかったわよ。仕方ないけどそれは認めてあげるわ』

『別に貴方に認めてもらわなくても良いのだけど……』

『それはそれとして、貴方だけにその子の恩恵を与えさせるわけにはいかないのよ！』

『えっと、つまり貴方もこの子にお乳をあげたいってことかしら？』

詰まるところやりたいのは、コンと同じく僕にご飯をくれるってことなのだろう。

『そ、そうとも言うわよ!!』

『はぁ……、それなら最初からそう言ったら良いじゃない。でも、今はもう満腹みたいだから次からね』

『えっ、良いのかしら!?』

ポロの声が若干上擦り気味に聞こえる。

『もちろんよ。拒む理由はないからね』

『わ、わかったわ。それなら次は私が差し上げるわよ』

嬉しそうにポロが離れていく。

すると、次の瞬間にポニーはたくさんの動物たちに囲まれていたのだった。

『そ、それなら私もお乳をあげても良いの?』

『私も私も』

『上手くできるかな?』

『ちょ、ちょっと待って!?』

さすがにあまりの数に囲まれたこともあり、ポニーが大声を上げる。

『鹿一匹ならこの子も我慢してくれるかと思ったけど、こんなにたくさんになったらこの子にも合う合わないがあると思うの。だから……』

ポニーがこそこそ内緒話をしていた。

ただ、僕としては色んなご飯がもらえる以上の情報はなく、そのまま睡魔に負けてしまい、コンの隣で眠りにつくのだった。


目を開けるとなぜか僕の前にたくさんの動物たちが並んでいた。

ポニーやポロは当然ながら、牛や羊なども。

――も、もしかしてご飯の飲み比べができるの!?

一応この体は人間である以上、お乳も合う合わないがある。

確か何かの本で見たことはあるけど、牛よりは馬の方が母乳に似た成分割合だから飲みやすい、というものだった。

逆に合わないと下痢をしやすいとかもあったはず。

もちろん、ポニーのおかげで今の僕は順調に育ってきているので、それはあながち間違っていなかったのだろう。

でも、色んなご飯には興味がある。

そんなことを考えると、自然と口が吸う態勢になっていた。

『大丈夫ですよ。今日もたくさんご飯を上げますからね』

ポニーがにっこりと微笑むとその瞬間になぜか動物たちがぶつかり合い、力を競い合い始めていた。

――えっ？　の、飲み比べじゃないの？

たくさんご飯をくれると言ったのでなんとなくそう思ったのだけど、勘違いだった。

『ふふふっ、お馬さん程度がこの私、バイコーンに勝てるはずがないですわ！』

自信たっぷりに首を上げるポロ。しかし、勢いのあまりそのまま角がポロッと取れていた。

『わわわっ』

慌ててそれを拾うと、顔を真っ赤にしながら何事もなかった風を装っていた。

当然ながらその隙を見逃す他のモフモフたちではない。

勢いをつけた牛がそのまま突進をする。

『わ、私がこんなところでぇぇぇ……』

そのままポロは空高く飛んでいってしまった。

なんだろう……。何もできずに飛んでいったポロがかわいそうに思えてしまった。

『やっぱり私がいないとダメよね。すぐに他の動物も倒してくるから待っててね』

──倒すよりもご飯が欲しいんだけど……。

もちろん僕のそんな気持ちはポニーたちには通じない。

『まったく、あのようなことで争うなんて、まだまだなのじゃ』

僕の隣で寝ていたコンも騒動で目が覚めたようだ。

戦うポニーたちを冷めた目線で見ていた。

僕も今回ばかりはコンに同意である。

そろそろ僕も空腹に耐えられなくなってきて、次第に嗚咽を出し始める。

「うぇぇぇ、うぇぇぇ」

『わわっ、こ、これ、どうしたら良いのじゃ？』

昨日までのことを反省してか、コンは周りのモフモフたちに確認を取ろうとする。

でも、戦いに夢中で誰も僕が泣いていることに気づいていない。

『な、泣き止んでほしいのじゃ』

コンは少女の姿に変化して、僕を抱える。

それでなんとか泣き止ませようと揺らしてくれるが、小柄なコンの体も相まって不安定で、むしろ恐怖しか感じなかった。

自分でできることは必死に手を動かして掴めるものを掴むだけ。

あまり思い通りに動かせないために空振ることも多いのだけど、今回はしっかりと掴むことができた。

コンの服を……。

少女であることが幸いしているのだけど、ちょうど掴んでいる位置が胸元で服がはだけてしまっている。

それでもコンは気にした様子はなく、むしろ驚きで目を大きく見開いていた。

『わらわのことを信頼してくれているのかえ？』

――むしろいつ落とされるか信用できないから必死なんだよ!?

僕の考えとは裏腹に、コンは嬉しそうに笑みを浮かべていた。

見方によっては僕がコンから〝離れたくない〟と掴んでいるようにも見える。

むしろコンはそう捉えたようだ。

『昨日はすまぬ。わらわは強くなることを急いでいたのかもしれないのじゃ』

僕の背中をさすりながらコンはゆっくりと話してくれる。

ただ、軽く揺らされていることと、いつ変化(へんげ)が解けるかという不安から僕は気が気でならず、安心して眠ることもできない。

『変化も子供にしかなれず、魔法も火種程度しか生み出せない。こうなってはいつまでもわらわは笑われたままなのじゃ……』

顔を俯けて暗い表情を見せる。

するとその瞬間に、ポニーが蹴っ飛ばした羊が僕たちに向かって飛んでくる。

『あ、あぶないっ！』

ポニーの声も空しく僕たちには避ける手段はない。

ただ、飛んできているのが羊なのでモフモフの毛を全身で感じる程度ですみそう。

むしろ僕から飛びつきたい！

ジッと羊を見ていると、コンが覚悟を決めていた。

『わ、わらわだって。わらわだって、このくらいどうにかできるのじゃ!!』

コンは覚悟と共に片手を突き出す。

もちろんコンの小柄な体では一緒に吹き飛ばされるであろうことは想像がついていた。

僕も来たる衝撃に備えてギュッと目を閉じていた。

しかし、いつまでも衝撃はやってこなかった。

ゆっくり目を開けるとなぜかコンの姿はなく、僕を抱きかかえていたのは妙齢の女性であった。

その女性が羊を片手で受け止めていたのだ。

——誰っ！？！？

僕の頭はパンクしそうなほど混乱していた。

あまりにも夢のような出来事が矢継ぎ早に起きているために、幼い子供の脳では処理しきれないのだ。

そもそも僕はさっきまでコンにしがみついていたはず。

でも、なぜか僕の手は女性の着物をしっかりと掴んでいた。

見ず知らずの大人が突然現れたことに呆然(ぼうぜん)としてしまう。

すると女性が声を出す。

『と、突然どうしたのかえ？』

——その声は……コン？

やや大人びている声だけど、話し方がコンだった。

——大人にも変化できたんだ……。

コン自身も今の状況を詳しく理解していないらしい。

僕の視線を追って自分の姿を確認することで、ようやく自身の体に起こったことを理解する。

『こ、これじゃ!!　やっとわらわも大人に変化することができたのじゃ!!　これで一人前の九尾なのじゃ!!』

全力で喜んでいるものの、大人に変化できるようになったからといって尻尾が九に増えるわけでもない。

キッネはただのキツネなのだけど……。

『大人になったなら、わらわもご飯をあげられるのじゃ』

にっこりと満面の笑みを見せてくるコン。

――えっと、大人って化けてるだけでお乳がでるわけじゃないよね？

僕が困った表情を見せるとポニーが代わりにそのことを言ってくれる。

『姿は大人でもお乳はでないんじゃないの？』

『そ、そんなこと、あるはずがないのじゃ』

そう言ってポニーに背を向けて自分の胸を確認するコン。

残念そうに落ちこんで言う。

『……出ないのじゃ』

――当然だよね。

ご飯がもらえないとわかり、空腹で自然と強く泣いてしまう。

すると、ポニーが周りの動物たちを蹴り飛ばして星にした後、慌てて僕の許へと寄ってくる。

『ご飯が欲しいのね。今あげるからね』

『ま、待つのじゃ。ご飯ならわらわが……』

——いやいや、見かけ倒しの出ないご飯はいらないよ？

ポニーの方向に吸い寄せられるように顔が向く。

すると、コンは拗ねた表情を見せる。

『仕方ないのじゃ。お乳が出るまで特訓するのじゃ』

コンがポニーに僕を渡そうとした瞬間にポンッと甲高い音が鳴り、コンの姿は少女のものへと戻っていた。

僕は宙に放り投げられる。

——この展開、どこかで見たような……。

冷静を装ってるけど、実際は自分ではどうすることもできないという諦めであった。

前、同じ状況のときはたぬきちさんが助けてくれたのだけど、今回この場には誰もいない。

つまり、今度こそ僕は地面に激突するわけだ。

身長の三倍近い高さからの落下。軽い怪我で済んでくれたらいいけど……。

来たる衝撃に備えていたが、今回もいつまで経っても衝撃は襲ってこない。

むしろ僕の体が誰かに抱えられていた。

『全く、お前はいつでも落ちてるな』

僕の体を抱えていたのは、同性の僕ですら思わず見惚れてしまうほど整った顔をしている男性だった。

でも、どうせコンの変化だろう。と先ほどまで彼女がいた方へと視線を向ける。

するとコンがキツネ姿へと戻るところだった。

——あれっ？　コンじゃない!?　ってことは!!

僕は思わず目を輝かせる。

このタイミングで現れる男性。

僕を置いていった人は声色的に女性で、父親は不明だったのだ。

——もしかしたらこの人が僕のお父さん？

そんな希望の籠もった眼差し(まなざし)を向けていたが、それよりも今はお腹が減っていることの方が先立った。

何もしていなくても自然と出始める泣き声。

すると男性はそのまま僕をポニーへと渡す。

『ほらっ、飯をやってくれ』

『わかったわ。あなたもその姿、大変なんでしょ？　元に戻って良いわよ』

『いや、どういうわけかいつもよりも調子が良いんだ。このまま何時間もこの姿でいられそうだ』

——えっと、どういうこと？

どうやらポニーはこの男性と面識があるらしい。

ご飯をもらいながら僕は状況把握に努める。

『慣れないうちはあまり過信しない方がいいわよ。あの子みたいになるから』

ポニーの視線がコンに向く。

『あぁ、そうだな。じっくり確かめてからの方が良さそうだ』

そういうと男性が煙に覆われて、姿を見せたのはなんと似ても似つかないたぬきちさんだった。

——えっ？　えぇぇぇぇぇ!?

その姿を見た僕は今日一番の声を心の中で出すのだった。

第五話　寝返りころころ

たくさんのモフモフたちに囲まれて早五ヶ月。

遂(つい)に僕は……。なんと僕は……。寝返りが打てるようになりました！！！！

心の中で拳を高々と掲げる。

まだまだ言葉は喋ることができないし、動き回ることも叶わない。

寝返りができた、といっても比較的ゆっくりとした動きで、コテン、と倒れるように転がるだけである。

そもそもここは森の中で地面は危険なものが多い。

あまり動き回るのは良くないだろう。

それでも自分の意思で一歩動くことができたのは大きな進歩である。

なにせ今までの僕と言ったら……。

食事もオムツも全部モフモフたちにお任せ。

そんな僕のことが珍しいのか、すっかりわたがしの集落はモフモフ王国に早変わりしていた。

　僕からすればまさに天国。

　右を向いても左を向いてもモフモフモフモフ……。

　たまにポコポコっと人をダメにするお腹を持ってるタヌキもいたり、目覚まし変わりに朝鳴いてくれるニワトリもいたりするけど。

　とにかく幸せな毎日を過ごしていた。

　どうしてここまで僕の周りに居続けてくれるのかはわからないけど、おそらくはわたがしの信望がそうさせているのだろう。

　手足もずいぶんと動かせるようになり、前と比べると思うがままにばたつかせることができていた。

　もちろん歩くことはおろか、起き上がることもママならないのだが、指も動かせるようになって表現に幅が出てきたのだ。

　例えばわたがしの背中に乗っているときにご飯が欲しくなったりトイレがしたくなったら、その毛を引っ張る。

『イタタタっ。我の毛を引っ張るな』

　わたがしも怒るのだけど、すぐに機嫌を直してくれる。

『ははは っ、さすがは我の子だ。元気で力強い最強の魔物になるな』

僕は別に魔物になる気なんてないのだけどね。

あとはなんと言っても言葉が話せるようになりました!!

と言ってもまだまだ喃語の「あー」とか「うー」とかそういった言葉が稀に口から出るだけで、思うように喋るには程遠いのだが。

特に笑うときに喃語が出やすいため、モフモフたちはこぞって笑わそうとしてくる。

『よしよーし、いい子だね』

『私にも貸しなさいよ。もっと上手くあやしてみせるわ』

『やっぱり人の子ならわらわのように、同じ人に変化できる方が親しみが持てるであろう?』

『あなた、まだ大人には一刻ほどしかなれないじゃない』

『こ、子供同士の方がこの子も喜ぶのじゃ!?』

雌モフモフたちが取り合いをしている中、肝心の僕はというと……。

「あー、あー(モフモフ気持ちいいよ)」

『うんうん、いくらでも乗っていいよー』

たぬきちさんのお腹に乗って、その感触を楽しんでいた。

言うならば人をダメにするクッションにも似た柔らかさ。

いつまでも乗っていられるその心地よさを全身でしがみついて味わっていた。

『ひ、独り占めはズルいのじゃ!?』

『ほ、ほらっ、ご飯もあるわよ』

ポニーが母乳で僕のことを釣ろうとする。

ただ、随分と育った僕は、一度に飲めるお乳の量も増え、ご飯を要求する回数も減っていた。

今まではご飯の度に呼ばれていたポニー。

その座を狙おうとたくさんの雌モフモフが僕にお乳をくれたけど、一番美味(おい)しかったのはポニーのものだった。

結果的にご飯はポニー、という認識が広まりその間は誰にも邪魔されずに僕を独り占めできていたのだ。

その時間も減りつつあり、ポニーとしてはもっとたくさんの時間を共にしたいと思っていた。

ただ、それを言うなら僕をここまで連れてきてくれた恩犬のわたがし。

彼はお漏らしの対処という重大な任務を任されていたのだが、オムツの洗い方が上手くなく、結局はオムツの交換と寝かせるときのゆらゆらだけを担当することになったのだ。

更には集落にたくさんのモフモフが集まりすぎて、結果的に個々と接する時間は短くなってしまうのは仕方ないことだった。

『お、俺様にもいくらでも乗って良いんだぞ』

たぬきちさんに対抗してくるのはねこさん。

愛くるしい外見と巨大な体付きは、たぬきちさん同様にモフモフを愛する僕からしたら一生抱きついていたいものだった。

ただ、どうしても僕を呼ぶときの声色と表情を見ていると身の危険を感じてしまうために距離を取ることが多かったのだ。

動けないからこそ、本能的な部分を大切にしているとも言える。

でも、それがねこさんにとってはショックだったようだ。

『くっ、俺様だって、俺様だって、その子の笑顔が見たいんだぁぁぁぁ!!』

『わかる、わかるぞ、その気持ち。我だって……、我だって……』

わたがしとねこさんが二匹、重なり合って泣き合う素振りを見せていた。

あまりにも大きな声を突然出すものだから僕はビクッと肩を震わせて泣いてしまう。

『もう、変なことをしないで!』

『お、俺様はなにも……』

とぼとぼと離れていくねこさん。

反射的に泣いちゃったけど、なんだか悪いことをしてしまった気持ちになる。

もちろん、まだこの二匹は比較的接してもらえる方で、他に全然接してもらえていないモフモフたちもたくさんいた。

——みんな良い子たちなんだけどね……。

それがわかっているものの相性的なものがある。

最初に慣れていたモフモフたちと一緒にいることが多いのは仕方ないことだった。

それでもなるべく笑顔を見せるようにしていたのだけど、声が出るのは本当に笑ったときくらいで比較的稀。

だからこそ、モフモフたちは僕を笑わそうとしてくるのだった。


『第一回、笑わせ大会を開催する!!』

わたがしのその声にモフモフたちは大歓声を上げていた。

僕はなぜか中央に置かれたクーハンに入れられている。

なんだかまたモフモフの数が増えている気がする。

この様子を見ていると、まるで僕を中心に集まっているようにも思える。

でも、僕はなんの力も持っていないので、単に赤ちゃんが物珍しいだけなのだろう。

それに僕からしてもたくさんのモフモフに囲まれることは本望。なので、何も言うことはなかった。

一体何をさせられるのだろう。

興味半分、恐れ半分といった感じにわたがしの続きの言葉を待っていた。

『我が子を一番喜ばせたものの勝ちだ。そやつにはこの子と一日を過ごす権利が与えられる。ご飯だけは別だけどな』

――僕は景品なんだ。

でも、モフモフたちにもこういった娯楽が必要なのかもしれない。

普段からお世話になってるわけだし、協力するのも悪くない気持ちだった。

『ふははは っ、まずは我が輩から行くとしようか』

堂々とした佇(たたず)まいで前に出てきたのはわたがしとはまた違う犬種、ドーベルマンだった。

ただ、体付きはわたがしの半分ほど。いや、わたがしがデカすぎるんだろうけど。

『我が輩は獅子(しし)王。我が輩が真なる子供の扱いというものを見せてやろう』

わたがしよりは誇り高く見えるけれど、あくまでも犬基準である。

とはいえ、魔法すらある世界だと言っていたのだから、体付きは強さとはまるで関係ないのかもしれない。

そんなすごい犬が一体僕に何をしてくれるんだろう？

わたがしと同じで考えるのなら、背中に乗せて走ってくれるのかな？

またわたがしとは違った景色が見られるかもしれない。

だいぶ首も自由に動かせるようになった今なら、色んなものを見られるはず。

そんな期待は一瞬で裏切られてしまった。

服の襟首を突然咥えられて持ち上がる。

『赤子なればこそ、真なる特訓をしたいはず。我が輩に任せておけ』

——いやいや、ようやく寝返りが打てるようになっただけだよ!?

まともに動けないのに特訓も何もあったものじゃない。

確かに動物たちならもっと早くから動けるものもたくさんいるけど、僕はあくまでも人だからね!?

こんなところで〝獅子は我が子を谷底に落とす〟を実践しなくて良いからね!?

必死に拒否をしようと手足をバタつかせて声を上げて泣き始める。

怖がって泣いているからか、突然の大声が辺りに響き渡る。

『ど、どうしたのだ!?　我が輩のように強くなりたくないのか!?』

――まずは歩けるようになってからだよ!?

アタフタとする自称獅子王（わんこ）。

一応大会ということで誰も止めには入らない。

そもそもずっと僕を見ていたわたがしやポニーなら、今の僕がご飯を欲しがっているわけでも、お漏らしをしたわけでもないということがわかっているのだ。

『わんこの出番はここまでだな。次は誰がいく？』

『ちょ、ちょっと待て!?　我が聖爪エクスカリバーの力を見せつけようとしただけなんだが……』

『我が子を危険な目に合わせるなら我が相手になるぞ？』

わたがしが凄んでみせる。

その愛らしさと危険が去ったことで、僕はすっかり泣き止んでいた。

たまに暴走しちゃうけど、危険なことに関してはやっぱりわたがしはすごく頼りになるよね。

『くっ……、その信頼、羨ましいぞ』

わんこは悔しげに後ろへと下がっていく。すると今度はニワトリが前に出てくる。

『くくくっ、奴は所詮四天王最弱。この私が真なる力をお見せしましょう』

しっかり話をしているのだが、なぜか〝コケコッコー〟と言っているように聞こえてくるのは、甲高い声をしているのと見た目の印象から仕方なかった。

『この不死鳥フェニックスの力を見よ!!』

ニワトリは羽を広げ、ポーズを決める。

しかもそのポーズを取っている自分に酔っているようにも見える。

——ニワトリが火の中から蘇る不死鳥……、フライドチキンにしかなりそうもない。

でも不死鳥のパフォーマンスって燃え上がるくらいしかない気がするのだけど……。

そんなことを思っていたのだけど、ニワトリは僕の前で色んなポーズをとるだけだった。

しかも満足げに去って行ったので後に残された僕はキョトンとしていた。

——何がしたかったのだろう?

そんなニワトリと入れ替わりでやってきたのは、僕よりも小さな体をしたトカゲさんだった。

モフモフ専門だった僕はあまり爬虫類には詳しくなかったけど、この世界に来て大きなモフモフばかりを見てきた僕は、自分よりも小さなトカゲさんをとても可愛らしく思えるのだった。

ゆっくりと手を伸ばしてその頭を撫でようとする。

ただ、その手はトカゲさんの手に払われる。

この姿になってからそんなことされたことがない僕は何をされたのかわからずに固まってしまう。

『控えろ！　我こそは最後の四天王にして孤高の最強、ドラゴンであるぞ!!』

――……何からツッコめば良いのだろう？

まず〝ドラゴンじゃなくてトカゲでしょ〟っていう他のモフモフたちにもしているツッコミから入ればいいのか、〝四天王なのに三匹しか出てきてない〟ってところからツッコめばいいのか、〝四天王にいるのに孤高なのか〟というところをツッコめばいいのか、〝僕よりも小さいのに最強なのか〟というところをツッコめばいいのか。

あまりにも一度にボケを連発されたために、僕の脳内の処理がまるで追いつかなくなっていた。

ただ、僕が何かをする前に他のモフモフたちに詰められていた。

『あの子が触ってくれそうにしていたのになに拒否してるんだ！』

『ずるいぞ！　我が輩は泣かれただけなのに！』

『お前は何をしに来たんだよ!?』

結局ドラゴンを名乗ったトカゲさんは周りのモフモフたちによって強制退場させられて

いた。

その後もなんとか僕を喜ばせようと色んなモフモフが登場していたが、誰もがどこか抜けており、笑うところまで行けたのはほとんどいなかった。

そんなことが続いているとだんだん眠くなってくる。

それでも僕のために色々としてくれているのだから、となんとか起きていようとするが、遂に眠気に負けそうになる。

『大丈夫か？』

そんな僕を支えるように、全身を包み込んでくれたのはわたがしだった。

暖かく安心できるその柔らかさ。僕は瞬く間に眠りへと落ちていく。

その間際に、心配してくれたわたがしにお礼を言う。

「あー、あー（ありがとう）」

口から漏れるのはたったそれだけの言葉。

それを発した瞬間に僕の意識は薄れていった。

『見てたか？　やっぱり我が一番だったであろう？』

心地よく眠っている赤ちゃんを見て、わたがしは嬉しそうに微笑んでいた。

同じく赤ちゃんをのぞき込んでいたモフモフたちは悔しそうに言う。

『まだ私たちの出番がなかったからよ』

『そ、そうなのじゃ。わらわがあやせば一番喜んでくれたのじゃ』

『僕は後回しでいいからねー』

『お前ばかりに良い思いをさせてたまるか！　明日に続きを行うぞ!!』

『それは良いけど、本当に我に勝てると思っているのか？　我はこの子の父親なんだぞ？』

『くっ、俺様がここから逆転してやる』

『ふふふっ、いくらでも相手になってやるぞ』

怒りを露わにするねこさんをわたがしは軽くあしらっていた。

『ところでこの能力のことはわかったのか？』

ねこさんが周囲を警戒しながら、声を落として話す。

『わからないが、少なくとも親しくなったものだけが能力を発揮できるってことだけね』

『わ、わらわが大人になれたのもそうなのか？』

『もちろんそうに決まってるでしょ。タヌキさんが大人になれたのもそうなのかしら？』

『僕は最初から大人になれたよー？』

『あらっ、そうなの？　なら親しさ以外の要因があるのかしら？』

『まだまだ情報が足りないわね。この大会で接することで能力を発揮するものも出るかと思ったけど』

『みんな、こいつのことを何だと思っているのだ』

わたがしが渋い顔を見せる。

『あらっ、ご飯にお肉を食べさせようとしていたあなたが何を言ってるのかしら？』

『い、今はそんなことをしておらん！』

わたがしが慌て気味に言う。

その大声に赤ちゃんは驚き、目を開けてしまう。

『あらあらっ、悪いわたもこのせいで起きてしまったのかしら？』

『誰がわたもこだ!!』

『まだまだ寝てて良いのよ』

赤ちゃんを、そのままずいぶんと小さくなってしまったクーハンへと連れて行く。

すると、まだ眠たかったようでそのまますぐに眠ってしまう。

『ふふっ、相変わらず寝てると可愛いわね』

ポニーが笑みを浮かべる。

『ところで、最近また数が増えてないかしら？』

『あぁ、もはやこの集落は一大勢力になってしまっているな』

『俺様が片っ端から声を掛けたんだ。当然だろ？』

『戦力はいくらあっても良いのだけど、さすがにここまで行くと目を付けられるんじゃないかしら？』

『……魔王か？』

『えぇ、そうよ。私たちですら魅力的なこの力、魔王が欲さないと思うかしら？』

わたがしたちの間に沈黙が訪れる。

『き、強化された我の力があれば……』

『この力は不安定よ。わかってるでしょ？』

『うぐっ、しかし……』

まともにやり合えば魔王に勝てるはずはない。

相手はこの世界で最強と言われる存在なのだ。

『とにかく、それまでに私たちは少しでも力を付けないと。集落の結束も高めてね』

『任せておけ。俺様が堂々としつけをしてやる！』

『ほどほどによろしくね』

『わ、わらわだって最高の魔法で……』

『それはできたら頼むかもしれないわね』

『ま、任せておくのじゃ』

『あとはこの集落のことだけど……』

『さすがに我らだけではどうすることもできないぞ？』

『わ、わらわなら……』

『大人の人間になれるのは一刻だけなんでしょ？　しかも力はそれほど変わらない……』

『た、確かにそうじゃ。で、でも、こやつなら……』

『うん、無理ー』

たぬきちさんがあっさり諦めていた。

『俺様たちがどうにかしたいのだけど……』

『これぱっかりは仕方ないわよ。その代わりたくさん勧誘してくれているのでしょ？』

『俺様にできることはそれだけだからな』

ひそひそ話を続けていると赤ちゃんがコテン、と寝返りを打っていた。

その姿を見てモフモフたちは思わず微笑む。

『ふふっ、この子は私たちが守るのよ』

『当然だ！　フェンリルである我が守っているのだからな』

翌朝になると、なぜか僕の前に大量の果物や肉が置かれていた。

そして、子供のモフモフたちが期待の籠もった眼差しを僕へと向けてきていた。

——これってもしかして僕のために？

そもそも自分の食べるものですら取るのが大変なはずなのに、それを僕のために取ってきてくれたと思うと感慨深いものを感じる。

もちろん、今のこの体だと食べられないけどね。

コロン、とうつ伏せに寝返りを打つと手足をバタつかせて感謝の意を示す。

「あー、あー（ありがとう、みんな）」

ただその一言だけなのだが、子供のモフモフたちは大きく目を見開いてみんな飛び跳ねるように喜んでいた。

それだけで僕も感謝をしてよかったと思えたのだが……。

——さて、どうやって戻ろうかな。

この時期、何とか勢いを付ければ寝返りは比較的しやすい。

でもうつ伏せになったあと戻るのは中々に大変で、しかも口が下にあるためになにかものが口を塞ぐと呼吸困難にもなりかねない。

元に戻してくれのアピールのために手足をバタつかせるものの、むしろ可愛らしく思われているのか、みんな朗らかな笑顔を見せてくるだけだった。

——違うよ、そうじゃない！

そう思っていると僕の体が宙に浮かぶ。

いや、誰かに持ち上げられたようだった。

『危なかったな。大丈夫か？』

僕を助けてくれたのは謎のイケメン——ことたぬきちさん人バージョンだった。

——さすがたぬきちさん、僕のしてほしいことをよくわかってる……。

目を輝かせながらたぬきちさんを見ていると、すぐにクーハンの中に戻され、元のタヌキ姿に戻っていた。

『次は僕の出番だったからねー』

『うむ、それじゃあ次はわらわじゃな』

コンが自信ありげに前に出てくる。

ただ、彼女が前にやったことを考えると一抹の不安は隠しきれなかった。

それはわたがしたちも同じようだった。

『本当に大丈夫か？』

『むぅ、もちろんじゃ。わらわもしっかり反省はするのじゃ』

そう言ってコンが出してきたのは油揚げだった。

『これならどうじゃ!?　人間が供えていたものじゃから問題ないはずじゃ』

自信たっぷりに言っているが、コンの口からは涎のあとが輝いている。

きっと大好物を持ってきてくれたのだろう。

――というか、ずっと僕がお乳を飲んできているのを見ているはずなのに、なんで固形物を持ってくるのだろう？

『この子はまだお乳しか飲めないですよ』

『で、でもそろそろ普通の食い物も必要になるんじゃないかの？』

『そんなことないですよ。この子は一生お乳を吸うんです！』

――いやいや、一生は吸わないよ!?　ずっと赤ちゃんのままじゃないのだから。

『そうか。もうそろそんな時期になるんだな。それなら我がとっておきの肉を……』

わたがしが嬉しそうな表情を見せている。

その視線は集落にいる牛へと向けられていた。

「だー、だー（絶対にダメだからね！）」

『そうかそうか、お前も食べたいのか。任せておけ、今準備して……痛たたっ』

ちょうど顔を近づけていたおかげで、わたがしの髭が掴めるところにあった。

思いっきり掴んで引っぱるとわたがしが痛がっていた。

『嫌みたいね。ここまでわかりやすいのも初めてかしら？』

『は、離してくれ。もうしないから』

納得してくれたので僕は髭を離す。

『ふぅー、ふぅー、そんな凶暴な子に育てた覚えはないのだけどな』

髭を前足で撫でながらわたがしが涙目で言う。

ただ、それを聞いたポニーは呆れ口調だった。

『あなたたちがこの子の前で喧嘩ばかりしてるからでしょ！』

『それを言うならお前も良く我を蹴ってるだろ？』

今もポニーにガシガシと蹴られているが、わたがしのモフモフとした毛に遮られてダメージはなさそう。

本気の蹴りというわけではないようだ。

『あなたが馬鹿なことをするからでしょ？』

蹴られているはずのわたがしも笑っているところをみると、この二匹もただじゃれ合っているだけみたい。

微笑ましくて、僕も思わず笑ってしまう。

『あらっ？』

『笑ったな。何か面白いことでもあったのか？』

『あなたが蹴られているところが面白いのかも。ちょっと蹴っ飛ばして良い？』

『ダメに決まってるだろ!?』

相変わらず夫婦漫才みたいなことを続ける二匹に、僕も笑い声が止まらなかったのだった。


最後に満を持してやってきたのはねこさん。

真剣な眼差しに、どことなく口を挟みにくい雰囲気を感じる。

思わず息を呑んでしまうその姿だが、別に戦いに赴くわけでもない。

むしろ笑わせないといけない今回の大会だとその表情は逆効果に思える。

一体何をするのか……と思わず僕たちはじっとその様子を窺(うかが)っていた。

『ふっふっふっ、これこそが俺様の最終兵器。これを使って笑わなかった相手はいない究極の武器。俺様自身にも影響がある諸刃(もろは)の剣でもあるがな』

不敵な笑みを浮かべるねこさん。

魔法もあるような世界なら人を無理やり従わせるようなアイテムがあってもおかしくない。

さすがにそんなものを使うとは思えないけど、今のねこさんの雰囲気から何かただ事ではないような気がしてしまう。

『くらえっ、これこそ我が必殺の……』

——必殺って僕、殺されちゃうの!?　わ、笑わす大会だよ!?　それだと趣旨が変わっちゃうよ!?

ねこさんが前足を上げた瞬間に僕は目をギュッと閉じる。

すると。なにか綿のようなものが鼻付近に近づけられてくすぐったかった。

——これは？

ねこさんが僕の鼻に近づけているのは猫じゃらしだった。

『ほらほらっ、この魔性のアイテムを前にしたら笑わずにはいられないだろ？　思わず全てを放り出して遊びたくなるだろ？』

既にねこさんの目は逝ってしまっている。

自分で遊びたいのを我慢して僕の目の前に出しているのだろう。

もちろん、僕に対してはくすぐったいだけでそれ以上の効果はない。

ただずっと目の前をチラチラされるとなぜか目がそれを追っかけてしまい、体も自然と動いてしまうために煩わしい。

思わず手を伸ばし、ねこさんからその猫じゃらしを奪い取ってしまった。

『にゃにゃっ⁉　俺様の動きについてこられるだと⁉』

僕は動ける範囲で猫じゃらしを揺らしてみる。

ねこさんの目の前で動かすなんて器用な動きはできないけど、そこまでしなくてもねこさんは勝手にそれを全身で追いかけてくれる。

『くっ、この俺様がまるで手も足も出ないとは』

——むしろ手も足も必死に出して猫じゃらしを追いかけてるよね？

最初の方はまだ余裕があるように見えたねこさんだけど、次第に何も考えられなくなってきたのか、必死に猫じゃらしを追っており、その姿がおかしくて僕は思わず笑ってしまう。

『わ、笑った。笑ったよな!?　み、見てたな?』

『あ、あぁ、見てたけど……』

必死に言うねこさんに、わたがしは苦笑で返す。

それもそのはずで体は未だに猫じゃらしを追っているのだ。

本能と嬉しさの両方から、いつものねこさんの威厳がまるで見えない。

とはいえそれが本人の望んだことなのだから一番よかったのだろう。

「あー、あー（ほらほら、こっちだよ）」

『にゃーん♪　はっ!?　お、俺様は一体何を!?　にゃーん♪』

なんだろう。すごく楽しくなってきたかも。

『お、俺様は誇り高い白虎で……、にゃーん♪』

頑張って抵抗しようとしているのはわかるものの、結局猫じゃらしの力には勝てないようだ。

確かに猫系のモフモフに対しては究極の武器だね。

そんなことを考えていると集落にいる他の猫たちも僕の側に近づいてくる。

その猫たちがみんなねこさん同様に、猫じゃらしに視線を奪われているところを見ると、

これから何が起こるのか想像がついてしまう。

確かに諸刃の剣かも……。

身の危険を感じた僕は慌てて猫じゃらしを手放していた。

するとそれはねこさんの体に乗り、猫たちによる争奪戦が始まり、結局大会はうやむやのまま終了を迎えるのだった。


ようやく騒動から解放されたねこさんは、息を荒くしながらどこか残念そうに僕の前に座り込んでいた。

『さっきはすまなかった。やはりあれは封印されるべき危険なアイテムだった』

――ただの猫じゃらしだったよね？

僕としては全然楽しかったし、よかったのだけどね。

だからこそ僕はねこさんに向けて手を差しだしていた。

「あー、あー（またやろうよ）」

『そうか、許してくれるか。恩に着る』

地面に平伏して感謝の意を伝えてくる。まるで僕に忠誠を誓っているかのように……。

「うー、うー（僕は一緒に遊びたいだけだからね？）」

『任せてくれ。俺様は何でもするからな！』

違う!!　と言いたいけど、わたがしもポニーも満足したように頷いているせいで誰も僕の意図に気づいてくれない。

すると、次の瞬間に僕に向けられて何かが飛んでくる。

それを一瞬のうちにねこさんが切り刻んで粉々にしていた。

『誰だ!!』

ねこさんが鋭い視線を向けると巨大な何かが大声を出してくる。

『俺たちはオークだ!!』

第六話　天使の微笑み

ジメジメとした湿気があるのは、地上を照らす太陽が雲に隠れ、辺りを薄暗くしているからだろう。

薄暗い森の中、オークたちと向かい合うわたがしたち。

雨こそ降っていないので決戦の雰囲気ではないが、一触即発なのは間違いない。

オークといったらどんな想像をするだろう？

やっぱり一般的なのは巨大な豚面をした魔物である。

でも、僕はこの世界に来てから最強種だと自称するモフモフたちとたくさん出会ってきた。

つまりこのタイミングで現れるのも、当然ながら可愛らしくデフォルメされた二足歩行の豚、あたりじゃないかな？

自信ありげに声を掛けてきたオークを見る。

するとそこにいたのは、まさに一般的な、見る人が見なくてもオークと一目でわかる豚面の巨大な魔物だった。

わたがしよりも更に大きいその体つきは、僕の何倍もの大きさがあり、腕の太さだけでも僕の体より大きいほどである。

——えぇぇぇ!?　ど、どういうこと!?　普通の魔物なんだけど!?

今までとは違う、自称じゃない魔物の登場に思わず驚いてしまう。

——ここって自称する動物しかいないいんじゃないの!?

オークは嘘を言っているわけでもなく本当のことを言っているだけ。僕が勝手に勘違いしてしまっただけだった。

わたがしたちがおかしいだけなのだ。

さすがにそれだけ巨大なオークが一匹や二匹ではなく、団体で姿を現したことに驚き足をバタつかせる。

更にオークたちはそれぞれが革製の鎧を身につけており、棍棒などの武器を持っている。

話しかけてきているのは長なのか、鉄製の鎧と巨大な剣を携えている。

所々に傷がついているのは歴戦の戦士たる証だろう。

対して僕たちは、何もできない赤ちゃんと自称最強のモフモフ集団。

どう見ても勝ち目がない。

ねこさんがオークに対して威圧を放ち、わたがしも睨み付けていつでも襲いかかれるような体勢を取っている。

『オークがどうしてここにいるんだ？　事と次第によっては……』

『俺たちは人間に襲われてここまで逃げてきた。ここ数日、何も食っていないほどだ。しばらく匿ってもらいたい』

『……どうする？』

ねこさんがわたがしに確認をしてくる。

『なぜ人間に襲われたか、次第だな。こちらも色々と事情があるのだから』

わたがしは僕の顔を一瞬見て言う。

『当然だな。お前たち、どうしてこんなところにいる？　オーク種と言えば魔族の配下で魔界に住んでいたのではないのか？』

魔族！　魔界!!

知らないワードが飛び出してきたことで僕は目を輝かせる。

魔界があるということはおそらくは魔王がいるということ。そうなると勇者とかもいるのかも。

「あー、あー（もっと詳しく！）」
わたがしに詳細を聞いてもらおうとアピールする。
ただ、オークたちは僕の顔を見た瞬間にその表情をゆがめていた。
『どうしてここに人間がいる!?』
力強い叫び声と共に、手に持っていた大剣を地面に思いっきり振るう。
軽く砕け散る地面。

——あ、あんな力で殴られたら僕なんて一溜まりもないよ……。
それどころかここにいるモフモフたちも、とてもじゃないけど勝てる気がしない。
——逃げないと危ないよ……。
幸いここには足の速い動物たちが多い。
逃げに徹すれば、ゆっくりとした動きのオークから逃げ切ることは容易なはず。
涙目になりながらわたがしの毛を引っ張る。
『わかっている。お前だけは我が守ってやるからな』
——ち、違うよ!?　戦うんじゃなくて逃げようよ！
わかってもらえずに、ポカポカとわたがしを叩く。

すると、当たり前のようにクーハンごと僕はわたがしの背に乗せられていた。

――ようやくわかってくれたの？

逃げようとするわたがしの体勢に僕はホッと一安心していた。

『お前たちには関係ないだろ？』

『関係ないわけない！　俺たちは人間に集落を襲われて……』

子供のオークが声を荒らげる。

でも、それを一番前にいたオークの長、いや、オークリーダーとでも言うべきだろうか？

彼が制止していた。

『確かに赤子にどうにかできる問題ではない。でも、こいつを囮(おとり)に人間たちの動揺を誘うことができるのではないか？』

『そんなこと、させるとでも？』

『犬猫風情が、魔王軍四天王ルシフェル様配下の我々を倒せるとでも思っているのか？』

『ふん、舐められたものだな。俺様は四神と謳われし一角、西の白虎様だぞ！』

ねこさんは鋭い爪を見せつけ、毛を逆立たせて威圧する。

『ふははははっ、たかが猫風情が白虎だと？　冗談もそこまでいくと笑えないぞ』

そう言いながら、オークたちは大口を開けて笑っていた。

――確かに白虎には見えないよね。しばらく一緒に過ごしている僕ですら未だにその名乗りだけは慣れないし……。

『笑うがいい。最後に勝つのはこの俺様だからな』

『ふんっ、お前なんかこやつで十分だ』

オークリーダーが指名したのは、先ほど怒りの声を上げていたオークの子供だった。

ただ、次の瞬間にねこさんの爪がオークの子供の喉に突きつけられていた。

『舐めるのも大概にしろ。それともこの俺様の相手をするのが怖いのか？』

『……良いだろう。俺が相手をしてやろう』

オークリーダーがねこさんと向かい合う。

ただ、残りのオークもまだまだ多い。

対して僕たちは、僕とわたがしとポニーという一人と二匹しかいない。

僕は戦力外だし、さすがに二匹で相手にするには数が多すぎる。

それでも、僕たちのために戦ってくれているねこさんを置いて行くわけにもいかない。

万事休すかと思ったそのとき、集落にいる動物たちが駆けつけてくれたのだった。

『みんなを呼んできたよー』

『わらわがいち早く気づいたおかげじゃぞ？』

コンとたぬきちさんが手を振って駆けてくる。

その後ろから四天王を名乗る三天王がオークの前に立ち塞がっていた。

『我が輩は四天王にして泉の精に見初められ、聖爪を与えられし真なる聖獣、獅子王アーサーなるぞ！　この聖爪エクスカリバーの餌食となりたい奴は掛かってこい！』

『こけーっ！　私こそは四天王にして四神の一角、南を守る朱雀である不死鳥フェニックス！』

『ま、待て!?　勝手に四神を名乗って俺様の仲間みたいに言うな!?』

オークリーダーと死闘を繰り広げていたねこさんが、ニワトリさんの台詞にツッコミを入れていた。


そんなねこさんの必死のツッコミも空しく、ニワトリさんは同じ台詞を繰り返していた。

『私こそは四神の一角、南を守る朱雀である不死鳥フェニックス！　燃えたい奴だけかかってくるといいわ』

羽を広げて威圧する姿は……弱そうである。

転生前の鍛えていない僕ですら勝てそうなほどに。

それでもねこさんの強さを見た後だからか、オークリーダーはニワトリさんを警戒し近づこうとしなかった。

『最後はこの我だな。最強の四天王にして孤高の最強。そして、最強の四神、東の青龍とは我のことだ！』

大口を叩くトカゲさん。

あまりにも最強を連呼するものだから逆に弱く見えてしまうのも愛嬌だろう。

『だ、だから勝手に俺様が考え出した設定に付け足していくな!!』

ねこさんは戦いながらも再びツッコミを入れる。

——設定って言ってしまってるし……。

その瞬間にまたヒヤッとする場面があったが、なんとか躱しきってホッとする。

『……ちょっと待て。我が輩だけその四神とかいうのがないぞ?』

獅子王が慌てた様子を見せる。

でも、残る一角って亀だもんね。さすがに獅子と亀では似ても似つかないよ……。

『それなら僕もちょっと本気を出すねー』

たぬきちさんが柔らかいお腹を叩くと、次の瞬間にイケメンさんが登場する。

『わ、わらわも負けないのじゃ』

コンも負けずに変化をすると子供の姿に。

『な、なんでわらわは失敗してるのじゃ!?』

コンはがっくりと肩を落としていた。

『そんなことをしてる場合じゃないぞ。来る!』

たぬきちさんが声を上げる。

モフモフたちを見ていたオークリーダーは体を震わせて怒りを露わにしていた。

『お前ら、ふざけるのも大概にしろ!』

オークリーダーの迫力あるその言葉にモフモフたちは思わず萎縮していた。

——ぼ、僕にできること……。僕にできること……。

まだまだ何もできない僕にできることを考えたのだけど、一切何も浮かばない。

喃語しか言えないけど、それでも精一杯応援するしかできなかった。

「あー、うー(みんな、がんばってー!!)」

あらん限りの大声を出す。

もちろんみんなに声が聞こえたかはわからないが、それでも明らかにモフモフたちの動きは良くなっていた。

『これは……』

『負けられないのじゃ!!』

たぬきちさんが颯爽とオークの攻撃を躱し、すれ違い際にその首に手刀を入れて意識を飛ばしていく。

コンはまだまだ苦手と言っていた火の魔法を使い、九つの火の玉をオークへと飛ばし、酸欠で気絶させていた。

ついでにフェニックスを名乗るニワトリさんもなぜか燃えていた。

『我が輩も負けてられんな。喰らうが良い、エクスカリバー!!』

先ほどまで爪と言っていたのに、牙でオークの棍棒をかみ砕いていくわんこ。

『ふははっ、我が滅びのブレスを喰らえ!!』

トカゲさんは口を大きく開けていた。

もちろん口を開けるだけで何も起こらない。

更に僕に近づいてくるオークはポニーが蹴飛ばして星にしたり、わたがしの咆哮によって飛ばされていた。

一部、口だけで何もしていないように見えたけど、意外なことに決着はすぐにつくのだった。

『くっ、俺の負けだ。殺すと良い』

地面に大の字になっているオークリーダー。

全力を出して負けたからか、清々（すがすが）しい表情を見せていた。

『俺様はお前たちがもう襲ってこなくなればそれでいい。それに』

ねこさんがすでにわたがしの背中から降ろされている僕の方を向いたので、微笑みで返す。

『あいつに見せるには刺激が強すぎるからな』

『そうか……』

オークリーダーは起き上がると僕の前に座る。

『此度（こたび）の騒動は俺の勘違いによるものだ。すまなかった。この俺一人の首で許してほしい』

頭を下げて謝ってくる。

僕としても襲われないなら特に何かするつもりはないし、それにしばらく見ているとオークの顔も愛嬌があるように思えてくる。

おーくさんって感じで。

「だー、だー（大丈夫だよ。気にしないで）」

ゆっくりとおーくさんの方へ寝返りをうち、側まで来たらおーくさんの頭……まで届かないので体をペチペチ叩きながら言う。

『ゆ、許してくれるのか!?　俺たちのことを?』

目に涙を浮かべながら聞いてくるおーくさん。

そこまでされると申し訳なくなって安心させる意味を込めて僕は満面の笑みを見せて答える。

「あー（もちろんだよ）」

その瞬間に先ほどまで曇っていた空は隙間から光が差し込み、眩しく辺りを照らしだしていた。

まるで後光が差したかのような僕の姿を見たおーくさんは、驚きのあまり大きく目を見開いていた。

おーくさんは目の涙を拭い取ると僕を抱っこする。

一瞬のうちに空へと上がる感覚に、僕は思わずビクッと肩を振るわせるが、何もないとわかるとむしろ楽しさが勝ってくる。

『人間にもお前のような奴がいたんだな』

おーくさんはしばらく僕を高い高いしたあと、ゆっくりと僕をクーハンの中に下ろしてくれる。

『ところでお前たちはこれからどうするんだ？　集落を襲われて行く当てがないのだろう？』

『どこか安全な場所を探すさ』

「あー、あー（ここに置いてあげられない？）」

手足を動かしながら僕が提案する。

もちろん言葉の意味は伝わらないのだがわたがしは何か察していた。

『はっ!?　なるほど。そういうことか』

『どういうことだ？』

おーくさんは首を傾げるが、僕も同じ気持ちだった。

――一体何を理解したのだろう？

『ふふふっ、こいつには風呂を任せてはどうだ？　俺たちだと中々上手くいかなかっただろ？』

確かに、わたがしたちは食事や服の着せ替えをしっかりやってくれているけど、四足歩行の動物たちには中々難しいこともある。

一度僕の体を洗おうとして池に落とされかけたことがある。

あとはわたがし自身が風呂に入るのが嫌いなことも僕は気づいていた。

『……そんなことでいいのか？』

『一度やってみるといい。二度とそんな言葉を吐けなくなるぞ？』

わたがしは不敵に微笑むが、おーくさんは未だに困惑したままだった。

『俺たちが住むと人間に襲われるかもしれないぞ？』

『心配するな。こう見えても我らは強い』

『確かに。それは戦って痛感した』

おーくさんはじっくり考えた上で答えを出す。

『わかった。申し訳ないがよろしく頼む』

おーくさんが頭を下げてくる。

こうして、わたがしの集落に新しい仲間たちが加わったのである。

その後、おーくさんがお風呂に入れようとしてくれたのだが、わたがしと同じミスをして赤ちゃんの世話の大変さを改めて知るのだった。


結構な大人数が加わったということで宴会が始まる。

モフモフたちがこぞって色んな食べ物を集めてくる。

肉や果物、あとはなぜか酒瓶まで置かれている。

「あーあー（どうしてあんなものがここにあるの？）」

『あー、お前に酒はまだはやいな』

わたがしが僕をお酒から遠ざける。

出所が聞きたかっただけなんだけど……。

そもそも動物たちがお酒を飲む姿が想像できない。

僕の前には当たり前のようにポニーが座る。

『あー、我々に新しい仲間が加わった。えっと、豚くんたちだ』

『違う。オークだ』

『似たようなものだろう。今日はそれを祝して宴会を開く。存分に楽しんでくれ』

中央には巨大な火が燃え上がり、その周りでモフモフたちが楽しそうに踊っている。

丸焼きになってしまったと思ったニワトリさんも、軽く羽が焦げたくらいですんだようで、〝コケコケ〟言いながら火の周りを回っていた。

あまり動物たちがこういうことをしている印象はないのだけど、そこは多種族が集まったからだろうか？

僕もみんなに合わせてお乳を飲む。

そして、そのままみんな騒ぎ疲れて眠るまで宴会は終わることがなかった。

その夜、なぜか全く眠れなかった僕はジッと空を眺めていた。

もちろんクーハンの中だからあまり身動きが取れないというのもあったけど。

すると、僕の隣におーくさんが座り込んでいた。

その手には先ほどの宴会で飲まれていた酒瓶が握られていた。

——本当にこれ、どこから持ってきたのだろう？

ここにいるモフモフたちがお酒を飲んでいる姿は見たことがない。

僕に隠れてこっそり飲んでいたのだろうか？

赤ちゃんの僕は起きている時間の方が短いのだから、隠すのは容易だっただろう。

——わざわざ隠さなくてもいいのに……。

「だー（どうしたの？）」

何か思い悩んでいるようだったので尋ねてみる。

『……もしやお前が魔王様の言っていた子か？』

「うー（魔王が言っていた？）」

一体どういうことだろう？

——もしかして僕のお父さんが魔王!?

それなら何かから逃げるようにお母さんが僕を置いていったことも納得ができる。

人間と魔族はどうにも仲が悪いようなので、そのハーフなら問答無用で狙われかねないから。

『いや、そんなことないよな。忘れてくれ、といってもまだ言葉も理解できていないだろうしな』

「あー（気になるよ。一体どんな話をしてたの？）」

おーくさんはこれ以上は何も言ってくれず、空を眺めていた。

空にはたくさんの流れ星が降り注いでおり、まるで何かを祝福しているようだった。

『ここは良いところだな……』

酒をグイッとあおる。

僕も両手で似たような仕草をする。

おーくさんが僕の前に酒瓶を置く。

『……お前も飲むか？』

「あー（飲む！）」

思えば酒は前世で上司に飲まされることが多く、あまり良い印象はない。

でもなぜだろう。このおーくさんとなら良い雰囲気で飲み明かせるような気がしたのだ。

見た目は完全に魔物のオークだけど、豚っぽい外見を除くと中間管理職のサラリーマンみたいに思えてくる。そんな疲れた様子を見せていた。

僕が酒瓶に手を伸ばそうとした瞬間、ポニーが後ろ蹴りをしておーくさんを吹き飛ばす。

『な、なにを飲まそうとしているのですか！　まだ赤ちゃんなんですよ!?』

『オークの子供なら酒くらい飲むぞ？』

『に、人間の子供は飲まないんです』

おーくさんにはそれほどダメージがない様子で、起き上がると体についた草を払っていた。

『そうか。それは知らないこととはいえ、すまない』

僕の前に置かれた酒瓶はあっさりとおーくさんの手によって回収され、そのまま飲み干されてしまう。

――あぁぁ……。

もちろん今の僕には飲めないってわかっているものの、目の前から遠ざけられてしまうと、もの寂しい気持ちになる。

代わりにポニーが乳頭を近づけてくるので、やけ酒ならぬやけ乳をする。

『ところで、そいつにはいつまで乳を飲ませるんだ？』

『いつまでもよ！』

『……そろそろ普通の飯も食わしていくタイミングだろ』

『うっ……』

ポニーが正論を言われて口を閉じる。

とはいえ、まだまだ普通のご飯というよりは離乳食しか無理だと思う。ポニーたちに準備ができるのだろうか？

初めて出会ったときの、わたがしが牛を焼こうとしたことを思い出して嫌な予感がする。

『俺たちがちょっと人里まで下りて取ってこようか？』

でも、おーくさんたちは人に襲われてここまで逃げてきた。

また人里に下りるってことはもう一度襲われるってことなのに大丈夫なのかな？

確かに僕が食べていくには必要なことだけど、おーくさんが怪我をしてしまうのは嫌だな……。

「だーだー（危険なことはしないで）」

手足をバタつかせて必死に抵抗をする。ポニーも僕と同じ考えのようだった。

『あのね……、もしあなたたちが失敗してここまで危険になったらどうするの？』

『大丈夫だ。今の俺たちなら集落を一つ潰すことくらい簡単にできる！』

――ど、どうしてオークはこう喧嘩っ早いんだ!!

人間から食べ物を手に入れるのに、集落を潰してから奪うなんて野蛮すぎることこの上ない。

「うーうー（そんなこと絶対ダメ！）」

『そんなことを言って、怪我をしてここに逃げてきたんでしょ？　今いなくなるとこの子が悲しむわよ』

「あーあー（そうそう）」

ポニーが良いことを言ったので僕も頷いて同意する。

『そうか……』

おーくさんがしみじみと答える。

『でも、それならこいつの飯はどうするんだ？』

『大丈夫よ、もう少し待ってると良いわ』

おーくさんが首を傾げていた。

『それよりも、貴方から見てこの集落はどうかしら？』

『まだまだ住む上で足りないものはたくさんあるな』

それは僕も思っているところだった。

ここにいるのは基本動物たちなので家もなく、基本僕はクーハンで過ごしている。

まだ寝返りしかできないのでそれでも十分だけど、やはり今後動き回っていくことを考えると、ちゃんとした小屋のようなものも欲しい。

二足歩行で人型のおーくさんだからこそ、そのことに気づいてくれたのだろう。

やっぱり人間のことは人型の魔物が一番よくわかるよね。

『でも、良い集落だ。みんな優しくて過ごしやすそうだ』

おーくさんが二本目の酒瓶を開けていた。

どこか遠い目をして空を見上げながら。

おーくさんが喜んでくれているようで僕も嬉しくなる。

ただ、おーくさんはすぐにポニーに視線を向ける。

『とはいえ、ここは食い物が少ない。そんなことではここの奴らは大きくなれんぞ』

僕は心の中で盛大にずっこける。

ここにきてまさかの食べ物。確かに生きていく上で何よりも大切なことであるけど
……。

そもそも小柄な生き物もいるけど、わたがしやねこさんなんか普通に比べてだいぶデカい。他にも大きい生き物はたくさんいる。

さすがにおーくさんと比べると小さく見えても仕方ないのだが。

『こいつの食べ物じゃなくて俺たちの食べ物を集めるためにちょっと人里に行くかな』

「あー（ダメ!!）」

『食べ物なら森の恵みがあるでしょ？　他にも犬が狩りで肉を集めてくれるから』

『そうか……。わかった、その狩りを手伝えばいいんだな』

『そうね。あなたたちは器用そうだし、他にも色んなことができるでしょうから期待してるわよ』

ポニーはにっこりと微笑む。

ただ僕からしたら、むしろ力でなんでも解決するタイプに見えるのだけど……。

とはいえ、四足歩行の動物たちではできないことも色々と可能になりそうなのも事実。

この集落が大きく発展していくきっかけになり得る。

『ところで、こいつの力のことなんだが……』

おーくさんが優しい手つきで僕の頭を撫でてながら聞く。

「あー（力？）」

『貴方も気づいたのね。でも他言は無用よ』

『わかっている』

どうやらポニーも何か知っているようだった。

――もしかして僕、知らないうちに新しい力に目覚めてるの？

残念だけどまだまだ体を鍛えることはできないし、あれから数日おきに試している魔法も全く使える気配はない。

　つまりそれ以外。そうなると――。

「あー（鑑定!!）」

　ポーズをとりながら力一杯に喃語を叫ぶ。


　しかし、何も起きなかった。


　僕は数秒、動きが固まってしまう。

　――鑑定ではなかったんだ。それならもっと別の力？

　色々と思考を巡らせて、思いつく限りの能力を脳内で叫ぶ。

「あー（魔眼!!）。うー（ステータスオープン!!）」


　しかし、何も起きなかった。


　――やっぱり何も起きないじゃん……。

　ガッカリしすぎて思わず手を突きたくなる。

もちろんそんな力はないために、ただ落ち込むしかできなかったが。

『はっはっはっ、それにしてもこの子は元気だな。やっぱり赤子はこうじゃないとな』

おーくさんは嬉しそうに高笑いをしながら僕を抱き上げる。

お酒に酔ってきたのか、どこかおーくさんの口調は流暢で顔も赤くなっているように見える。

『いつもはこんなに喋らないのにどうしてかしら？』

ポニーは不思議そうな表情を浮かべる。

僕だって別に喋りたくて喋っているわけではない。

おーくさんとポニーが喋らせるようなことを言ってくるから……。

もちろん、まるで通じていないが。

おーくさんはそのまま高い高いをしてくれる。

自身の能力がわからなかった僕はむすっとした顔をしていたのだが、高くまで掲げられると自然と笑みがこぼれてしまう。

おそらくは赤ちゃんの性なのだろう。

わたがしに乗って高さを味わうことはよくあるけど、掲げられるのはまた違った爽快感がある。

『とにかく俺たちはお前の微笑みに救われた。だからこそお前は俺たちがしっかりと守ってやる』

『あらっ、この子だけなの？』

『お前たちはすごい力を持っているだろう？　むしろ俺たちを守ってくれ』

『嫌よ。自分でやりなさい』

『あははっ、それもそうだな』

楽しそうに笑い出すおーくさん。

「あー（よろしくね）」

おーくさんにつられて僕も笑いながら言う。

それと同時に、開放感から相手を破滅に誘う臭気がお尻から放出されていた。


ぷぅ……。


おならが出ることは何もおかしいことではない。

ただ、ちょうど顔が僕のお尻辺りにあったおーくさんに、クリーンヒットすることになった。

『ぐ、ぐおぉぉぉ……』

まだまだ母乳生活をしている僕なので、臭いも比較的抑え気味である。

それでもおーくさんは鼻がとても良いので、すぐ近くで放たれたら思わず鼻を押さえたくなるのも仕方がない。

目を細め涙を溜めているものの、それでもおーくさんはその手を離さずにゆっくりとクーハンに下ろしてくれる。

そして、地面に転がって臭いから逃れようとしたその瞬間に、わたがしが走ってやってくる。

『服を替えに来たぞ。……お前、何をしてるんだ？』

地面を転がっているおーくさんを見て困惑の表情を浮かべていた。

『お前も直撃を喰らえばわかるはずだ』

『あぁ……、あれか……』

わたがしが遠い目になる。

喰らったら、も何もすでに何度も喰らわしているのだ。

オムツ交換の際に大きい方を放ったこともある。

それに比べたら、臭いだけならまだマシとも言えるのだった。

『これからもよくされると思うぞ。気にしていたらやっていられない』

そう言うとわたがしはテキパキとオムツを交換してくれる。

『なるほど。赤ちゃんだとそういったこともあるのだな』

『……オークなら人間と成長は同じだと思うが？』

確かに豚っぽい見た目をしているとはいえ、体つきは巨人である。

子供も大きいだけで人に近いのだから、おそらくは成長の仕方も似ているのだろう。

『いや、オークの子はすぐに独り立ちしてしまう』

『そういうところは我らと同じなんだな』

わたがしが僕の服をめくり上げ、オムツを外そうとする。

しかし、何を思ったのか、そこで手を止めていた。

『……やってみるか？』

『いいのか？』

わたがしの問いかけにおーくさんは聞き返す。

『いずれやらないといけないことだ。それに風呂に入れる際にも脱がす必要があっただろう？』

『あのときは脱がすだけだったからな』

『ははは っ、そのうち脱がした瞬間にかけられるぞ?』

わたがしは楽しそうに笑い声を上げる。

『そ、そうなのか?』

『もちろんだ。だから今のうちにかけられる練習をしておけ』

——いやいや、かけたくてかけてるんじゃないよ!?　ただオムツを脱がされた際の開放感でちょっと出ちゃうだけなんだからね。

僕はちょっと拗ねて頬を膨らませる。

『……よし、やらせてくれ』

覚悟を決めたおーくさんは、辿々しい手つきで僕のオムツを脱がしていく。

まるで宝石を扱うかのようにゆっくり丁寧に。

いつもならわたがしが一瞬で外してくれていたので、こういったやり方は新鮮だった。

まるで昔のわたがしのようだった。

ゆっくりたっぷり時間をかけた上で、おーくさんはなんとかオムツを脱がすことに成功する。

その瞬間にオムツから臭気がムワッと湧き上がる。

ちょっとした臭いが漂っているのだが、おーくさんは達成感で満足そうに笑みを見せていた。

『……よし』

『よくやったな。そのままおしっこをかけられるといい』

『あぁ。……って、かけられる必要はないんじゃないか？』

『ちっ、バレたか』

わたがしはバツが悪そうに笑みを浮かべる。

ただすぐにおーくさんと二人笑い合っていた。

おーくさんが僕の世話をしてくれたことで、ずいぶんと打ち解けることができたのだろう。

二匹の間に確固たる信頼が芽生えたような気がする。

前足と手でがっちりと握手を交わしていた二匹を見て、ポニーは呆れ口調になっていた。

『はぁ……、変なことにならないと良いけど』

——そんなことよりもオムツを穿かせてくれないかな。

なぜか一向にオムツを穿かせるところまで進んでもらえず、下半身丸出しのままだった。

わずかな抵抗をするためにわたがしの側に近づくと、僕は水魔法（おしっこ）を放つのだった。

第七話　ハイハイの問題

おーくさんたちが加わったことで、集落は大きく変わっていった。

まずは集落の周りに外敵から身を守るための柵が設置されたのだ。

木で作られた簡単に壊せるようなものなのだが。

必要なものなのでありがたいかぎりなのだけど、肝心なものがまだまだなかった。もちろん僕たちが住む家のことだ。

寝返りしか打てなかった僕もついに、ハイハイで動けるようになった。しかし、むき出しの土の上だと、下手にハイハイをすれば怪我をしてしまう恐れがある。

すでに初めてハイハイができるようになったときに転がっていた石で切り傷をつくり、わたがしにすごく心配されてしまっている。

だからこそ、何よりも今は家が欲しい。

「わー、わー」

ずいぶんと言葉も出せるようになって、今ではわたがしのことは〝わー〟と呼べるまでになっていた。

『我はわんわんではなく、フェンリルであるぞ！』

『我って部分をマネしてるんじゃないかしら？』

『なるほど、そういうことか』

なぜかわたがしはそれで納得していたが、全くの外れである。

ただ、わたがしはまさか自分が〝わたがし〟と呼ばれているなんて知らないのだから仕方ないことでもある。

そもそもこの世界に〝わたがし〟自体があるのかどうかすら不明である。

わたがしの体にしがみつく。

「もう、もう」

わたがしの毛は相変わらずモフモフで、いつまでも抱きついていられるね。

思わず笑みがこぼれ、その柔らかさに眠たくなってくるが、すぐにわたがしが動いてしまう。

『ははは、そうだな。ちょっと待っておれ、今用意してやろう』

「あー？」

もしかして僕のためにモフモフを大量に集めたベッドでも作ってくれるのだろうか？

それはなんとも夢のような状況である。

『ちょっと待って。さすがにまだこの子には早――』

ポニーが止めようとしているにもかかわらず、わたがしは駆け出していた。

モフモフを楽しんでいた僕は取り残されて呆然としてしまう。

――モフモフされるの嫌だったのかな？

そう思っているとわたがしはすぐに戻ってくる。

『はぁ……、はぁ……、と、取ってきたぞ……』

呼吸を荒くしているわたがしだが、その口には以前見たことのある動物が咥えられていた。

『ほらっ、モウモウだぞ』

『もうぅぅぅ……』

――うん、牛だね。どこからどう見ても牛だ。

でも残念なことに、牛はモフモフしていない。

それになんだか目に涙を溜めて必死に首を横に振っているようにも見える。

この牛、集落に来た動物の一体じゃないだろうか？

『きっとこいつもお前の腹の足しになれば喜んでくれ……ぐはっ』

『そんなわけないでしょ!?　そもそもまだお肉なんて食べられないわよ！』

ポニーに蹴られるわたがし。

結局牛さんは無事に自分の家へと帰っていった。

『うーん、何か言ってるのはわかるんだけど、何を言っているのか全然わからないな』

『赤ちゃんだからこんなものでしょ？』

「もう、もう」

再び僕はわたがしの上に乗り、モフモフを堪能していた。

『でも、何か大事なことを我らに伝えようとしているのかも？』

大事なこと……はっ!?

わたがしのさわり心地が魅力的すぎて、すっかり大事なことを忘れていた。

僕がもっと自由に歩けるような家が必要だということを。

「うー、うー（おうちがいるよ）」

『私は馬じゃなくてユニコーンですよ』

頬をすりすりされながらもしっかり否定してくる。ただ僕が言いたいのはそうではなかった。

いや、ポニーがユニコーンじゃないということはずっと言いたいけど、今大事なのはそれではない。

『はっはっはっ、お前こそ馬扱いじゃないか』

わたがしが高笑いしたことに憤慨して、ポニーはガシガシと蹴りを入れていた。

『痛っ、痛っ。や、やめろ。落とすだろ！』

『とにかく今のままでは何が言いたいのかわからないわ。こうなったら人のことがわかりそうな子に来てもらいましょう』

『そんな奴いたか？』

『えぇ、もちろんよ。少し待っていてちょうだい』

そういうとポニーはすごい勢いで走り去っていった。


すぐに戻ってきたポニー。

その後ろには……誰もいなかった。

——あれっ？　誰か呼んできたんじゃないの？

そんなことを考えていたのだが、しばらくしてコンとたぬきちさんがやってくる。

『は、早いのじゃ。わらわはそんなに早く走れないのじゃ』

『ゆっくり行こうよー』

さすがに小柄なキツネであるコンとのんびり屋のたぬきちさんが、急いでいるポニーの足に追いつけるはずがなかった。

ようやく僕の前にたどり着いたときには、二匹とも息も絶え絶えになっていた。

『す、少し休ませてほしいのじゃ』

『一服するよー』

『休みながらでいいから教えてほしい。お前たちならこの子が何をしてほしいのかわかるんじゃないか？』

わたがしが真剣な表情で聞く。

――えっと、どういうことだろう？

なんでこの二匹なのか、僕にはさっぱりわからなかった。

でも、わたがしもハッと息を呑んでいたからモフモフたちならではの難解な理由があるのかもしれない。

――まさか人に化けられるから、なんて安易な考えじゃないよね？

『どういうことなのかえ？』

不思議そうにコンが聞き返す。

『人型になれるお前たちなら、この子の気持ちもわかるんじゃないか？』

『そ、そうなのかえ!?』

コンが驚いて聞き返す。

――なんでそうなるの!?　人に化けられるだけで人じゃないし、そもそも言葉が通じてないことはわかる……よね？

僕自身も驚き思わず口をぽっかりと開けていた。

ただ、たぬきちさんは何度か僕が落ちそうなときに助けてくれたりしてたから、案外僕の思ってることをわかってくれているのかも。

目を潤ませながらたぬきちさんを見る。

でも、たぬきちさんは即答で否定してくる。

『そんなことできるはずがないよー』

――うん、できないよね。

最後の希望が打ち砕かれて僕はガックリと顔を下に向ける。

そんな僕を見たからか、コンが緊張した様子で言ってくる。

『い、一応試してみるのじゃ！』

人に化けたコンが僕の前に来るとジッと目を見てくる。

――そういえば人型のときのコンの耳、どうなってたんだろう？　触らせてくれないかな？

『わかったのじゃ！』

コンははっきりと言う。

僕の視線がコンの耳に向いていたからわかりやすかったかもしれない。

「あー、あー（耳触らせてくれるの？）」

期待の籠もった目でコンを見つめる。

『わらわの美貌に見惚れているのじゃ。そうに違いないのじゃ』

自信たっぷりにとんちんかんなことを言い放つ。

コンが僕を持ち上げようとするけど、さすがに子供の姿では僕の方が体は大きく、持ち上がるはずもなかった。

『はぁ……、はぁ……、な、なんて重い子なのじゃ。まるでどこぞのタヌキみたいじゃぞ』

『僕はそんなに重くないよー』

たぬきちさんはタヌキの姿のまま僕を持ち上げると、そのままお腹の上に乗せてくれる。

「ぽー、ぽー」

極上のクッションに包まれて僕は自然と眠くなっていく。

『こうやって置いて上げるだけでも喜んでくれるよー』

『くっ、わらわができないとわかっていながら……』
コンは悔しそうにジッとたぬきちさんのお腹を眺めていた。
『えっと、そういうつもりで呼んだわけじゃないのだけど』
ポニーが苦笑を浮かべながら言う。
『それよりこの子がなんと言おうとしていたのかわかったか？』
わたがしが頷きながら言うと、たぬきちさんとコンがお互いの顔を見合っていた。
『人の言葉はわからないのじゃ』
『そもそも赤ちゃんって意味のある言葉を話すのー？』
たぬきちさんがもっともらしいことを言う。
『私たちの話は聞いているみたいだからね』
ポニーが聞き耳を立てていた僕の方を見てきてドキッとする。
「うー、うー（な、なんのことかな？）」
脳内で口笛を吹く仕草をする。
『気のせいじゃないかなー？　僕にはお腹が空いているだけに見えるよー？』
『そうかしら？』
ポニーはあまり納得していない様子だった。

そう言いながら僕にお乳を近づけてくる。

ご飯より大事なことがある、と言いたかったのだが、近づけられた誘惑（お乳）に抗うことができず、つい飲んでしまう。

『ご飯だったみたいね』

ポニーが安心して言う。

つい誘惑に負けてしまったことにハッと気づき、慌ててお乳から離れると、僕の真意を一番わかってくれそうなたぬきちさんに近づき、そのお腹を叩く。

「おー、うー（おうち、おうちだよ）」

『どうかしら？　何かを伝えようとしているでしょ？』

『確かにこれはそう見えるよねー』

『おーうー……か。もしかして』

わたがしが何かを閃（ひらめ）いた様子だった。

『きっとこの子はこう言いたいんじゃないか？　〝おーうーまー〟と。ぐはっ』

ポニーがわたがしを蹴り飛ばす。

『そんなわけないでしょ。この子は私のこと、いつも〝ユニコーン〟って言ってくれるわよ。ねっ？』

「ぽー、ぽー」

ずっとポニーって呼んでるんだけどね。

自信たっぷりのポニーに直接はそんなこと言えない。

『それに何かしてほしそうな仕草だったでしょ？』

『そ、そうだな。いったい何だろう』

蹴られたわたがしが何事もなかったかのように戻ってくる。

『わかったのじゃ。きっとこやつは王になりたいのじゃ!!』

『なるほどな。オスに生まれたからには頂点を目指すのは当然のこと。さすがは我の子だ』

わたがしが納得したように頷いていた。そんなことあるはずないのに。

ここには最強を名乗る動物たちばかりがいる。

そういった勘違いはしてもおかしくないのかもしれない。

――でも、たぬきちさんなら違うってわかってくれるよね？

この中で唯一最強種を名乗っていないたぬきちさんに熱い視線を送る。

そんな僕の気持ちが通じたのか、たぬきちさんが頷いてくれる。

『僕もタヌキをまとめる最強の刑部狸（ぎょうぶたぬき）だからよくわかるよー』

――たぬきちさん、お前もか……。

僕はがっくりと肩を落とす。

『つまりこやつを王にするために今必要なことか……。人族を滅ぼす？』

『そんなことできるわけないでしょ。そもそも一人しかいないと王も何もないわよ』

『わかったのじゃ！　きっとこやつは自分だけの城が欲しいと言っているのじゃ！』

コンがだいぶ答えに近い回答をしてくれる。

――もう少し規模を落として……。

「ちー、ちー（小さく、小さく）」

『あぁ、我がお前の父親だぞ』

『あなたに甘えるってことはもしかして正解だったのかしら？』

『違うと言ってるようにも聞こえるねー』

だいぶ話せるようになったとはいえ、まだまだまともに伝わらない。

絵でも描けると良いのだけど、まだ物を握るのが精一杯で器用に動かすことはできない。

仕方なく一番答えに近いコンを頼ることにする。

「こー、こー」

『なんじゃ？　わらわに抱っこしてほしいのかえ？』

コンは少女の姿へと変化して僕を持ち上げる。

今にも落としそうで、持たれている僕ですらヒヤヒヤとする体勢。

ただそこで僕は閃く。

言葉で伝えてもわからないなら仕草も合わせたら？

気をつけないと落ちてしまいそうだけど、それしか家を造ってもらう方法はなさそうだ。

僕は緊張から思わず息を呑むと、覚悟を決めてコンを必死に掴んでいた手を放し、大きく広げる。

「っちー、っちー（おうちだよ、おうち）」

その姿を見てわたがしはハッと閃いていた。

『なるほど、そういうことか！』

やっぱり一番長く一緒にいるわたがしだね。最初に僕の考えに気づいてくれるなんて。

僕はわたがしに笑顔を向ける。

『ど、どういうこと!?　一体何を言おうとしてたの!?』

『それは……、こういうことだ！』

一瞬わたがしの姿がブレたかと思うと、次の瞬間に蒸れ気味だった下腹部が心地よい開放感に包まれる。

『ふっ、やはりそういうことか！　これを見ろ』

わたがしがみんなに僕のオムツを見せつける。

それはやや湿っていた。うん、お漏らしだね。

――やめて。僕の痴態を堂々と見せつけないで……。

恥ずかしさで顔を真っ赤にする僕をよそにポニーたちはわたがしを称賛していた。

『よくわかったわね。なんの臭いもしないのに』

『ふふふっ、この子が教えてくれたじゃないか。〝っち、っち〟って。あれは〝ちっちをした〟、つまりおしっこが出たってことを言ってたんだ』

『そういうことだったんだー』

『よくわかったのじゃ』

わたがしは鼻高々に僕のオムツを新しいものに替えてくれる。

――違うよ。た、確かに気持ち悪かったけど、僕の言いたかったのはそれじゃないよ。

結局、この日は言いたいことが伝わることなく睡眠時間(タイムアウト)を迎えるのだった。


翌日から、家の大事さに気づいてもらうために僕は色々と活動を始めていた。

まずは手始めに、転がっている石を積み木のように重ねて家みたいにしようとする。

側にある石へハイハイで近づいて、しっかりと座り込んでその石を手に持つ。

あとはそれを積み上げて家っぽくすれば完成。

なのだけど……。

「うー、うー、（ぜんぜん積み上げられないよー）」

声にならない声を上げ、頭を抱える。思いのほかこの体は不器用なようだ。

なんとか積み上げようとするのだけど、震える手ではすぐに崩れてしまう。

何度か繰り返したあと、涙目になりながら唸ってしまう。

すると、その声を聞きつけたねこさんが駆け寄ってくる。

『うんちかっ!?』

——あっ、もしかして難しい顔をしながら唸ったから、うんちを気張っているようにみえたのかな？

もちろんぜんぜんそんなことはないので必死に否定する。

『ちー、ちー（違うよ？）』

僕の言葉は通じずに下腹部が涼しい外気に晒される。

『してないな』

お漏らししていないことを確認するとすぐにオムツが戻される。

『それなら何をしていたんだ？』

ねこさんは周囲を見回し、散らばった石を見るとピンときたようだった。

『なるほどな。ちょっと待っていろ』

駆け出すねこさん。

すぐにたくさんの小さな石を持ってくる。

『このくらいが持ちやすいだろ？』

どうやらねこさんは、僕が石をおもちゃにして遊んでいるのだと勘違いしているようだった。

――今回は違うよ!?

それに、ねこさんは大きさ基準で持ってきてくれたために、中には尖っていて危ない石もある。

でも、僕のために持ってきてくれたのだからねこさんの足を叩きながらお礼を言う。

「あー、あー」

『いや、気にするな』

仕草で僕の言おうとしていたことに気づいてくれたのか、ねこさんは素っ気ない態度を取りながらも、その顔は真っ赤に染まり嬉しそうだった。

これが家を造ろうとして出来上がった残骸とは最後まで気づいてもらえなかった。

次の日、僕は諦めずに家のことを伝えようと木の棒を持っていた。

積み上げるのはさすがに今の僕にはできない。

そうなると次に試みたのは絵を描くということだった。

木の棒を使い、地面に家の絵を描こうとする。

とはいえ地面は硬く、線を引くことはできなかった。

『何をしてるのー？』

たぬきちさんが、線を引こうとしている僕を不思議に思ったのか声をかけてくる。

「うー、うー（家だよ）」

何をしようとしているのか必死に伝える。

まともに伝わる可能性は限りなく低い。

たぬきちさんは、それでも必死に僕が言おうとしていることを考えてくれる。

『うって何のことなんだろうねー？　ウサギかな？　僕はタヌキなんだけど』

考え事をしながらお腹をポンポンと叩いてくる。そんな仕草を見ていると、当然のことながら、僕はそのお腹に向かってハイハイして進んでいくことになる。

「もふー」

『なんだ、触りたかったんだね。ふふふっ、喜んでもらえて、僕も嬉しいよー』

結局そのまま僕はたぬきちさんのお腹で寝てしまい、気がつくとクーハンに寝かされていたのだった。


くる日もくる日も家のことを伝えようとしていたのだけど、結局上手くいくことは何もなかった。

それでも、わたがしたちは家を造ることを決意してくれた。

それもこれも僕の熱意が伝わったから、というわけではなく、単に僕が地面でハイハイをしていたときに、以前ねこさんが持ってきてくれた尖った石に手をかすめてしまい、軽く切れてしまったのだ。

もちろんこんなもの寝ていればすぐ治る。怪我と言えるほどでもないのだけれど、モフモフたちはそういうわけにはいかなかった。

まるで僕が死んでしまうような絶望的な表情になり、あるものは、目に涙を浮かべ、またあるものは必死に僕を舐めて治療しようとしていた。

それが結果的には血を止める効果があり、安心させる要素にはなったのだが。

『大丈夫よね。この子死なないよね』

ポニーは、今にも泣きそうな表情を浮かべていた。
わたがしが、そっとポニーに胸を貸す。
コンは悔しそうに唇を噛んでいた。
『許せない。誰なの？　こんなことをしたのは』
角を付けた鹿のポロが怒りを露わにしている。
唯一冷静なのはたぬきちさんだけであった。
『みんな落ち着いてよー』
『すまない、俺様がその子に石を与えたばっかりに』
ねこさんが頭を垂れてみんなに謝る。
もちろんそれで済むような問題ではなかった。
『もしこの子になにかあったらどうするつもりなの!?』
「だー、だー（僕なら大丈夫だよ）」
ポロを安心させるように言う。
『ほらっ、この子も怒ってるわよ』
「ちー、ちー（ぜんぜん違うよ!?）」
『うんうん、わかってるわよ。悪いねこさんは退治しましょうね』

『ひと思いにやってくれ』

――ちょっとそこ！　自分から首を差し出さないで！　話がおかしいことになるから。

僕はねこさんの前に移動すると必死に庇おうとする。

「だーだー（喧嘩したらダメ）！」

何を言っているか伝わらなくても、必死の思いは通じたようだった。

『ちょっと待ってほしいなー』

殺伐とした空気の中、たぬきちさんののんびりした声が響き渡る。

『どうして止めるのよ！』

『この子にそんな殺伐としたものをみせるつもりー？　本当にこの子がそんなことを望んでいるのー？』

たぬきちさんのその言葉に、モフモフたちの視線が僕へと集まる。

なんとかねこさんを守ろうと前に立ち塞がり、目を潤ませている僕を見るとみんなどこかばつが悪そうな顔をする。

――みんな少しは頭を冷やしてくれたみたい。

だから僕はこのタイミングで声を出す。

「あー（仲直り）」

珍しく僕の言葉がそのまま通じてくれたようだった。

『ごめんなさい。考えが甘かったみたい』

『俺様ももっと気を遣うべきだったな。すまん』

『はいー、仲直りしたところで今回の問題はなんだろうねー?』

たぬきちさんが言うとみんな真剣に考える。

『危ないものを与えない、とか?』

『うん、それは大事だよねー。今回は幸いすぐに治るような傷だったからよかったけど、下手すると口に入れたりしてたかもしれないしねー』

その想像をしたモフモフたちが顔を真っ青にしていた。

尖ったものを間違って食べていたらそれこそ命の危機だっただろう。

ようやく危険を理解したモフモフたちが各々考えを話し始める。

『動き回るから障害物は危ないのじゃ』

『すぐに手を口に入れるから土で汚れるのもマズいわね』

『一人で放っておくとどこに行ったのかわからなくなるのも怖いな』

色んな問題点が挙がっていく。

これは良い兆候かもしれない。

――問題を解決する方法……。あるよね？

僕がずっと望んでいた家。それこそが今の問題の解決方法なのだ。

きっと、たぬきちさんもそれがわかっていてみんなに問題点を挙げさせたのだろう。

ずっしりと構えているたぬきちさんの顔を見る。

『うんうん、それを解決する方法があるんだよー』

『おぉ、それは一体!?』

『それは、このままずっと僕のお腹で遊んでてもらうことだよー』

思わずずっこけそうになる。

もちろん周りのもふもふたちからも反論が飛び出す。

『それなら我の背中でもいいじゃないか！』

『あなただけ良い思いしようとしてるでしょ』

『せ、背中に乗せることくらい俺様にだって……』

『み、みんなやめてよー。暴力は反対だよー』

先程までの殺伐とした雰囲気ではなく、どこかじゃれ合っている風に見えるので、僕はほっこりとその様子を眺めていた。

そんな中、一匹、真剣な表情で考え事をする動物がいた。

『それなら神社……ではなくてこの子の住む家を造るというのはどうかえ？』

少しだけ意味合いが違ったものの、コンが提案したそれは僕がずっと望んでいた家を造るということに他ならなかった。

『わらわも大きな神社に住みた……す、住んでおる故にこやつもそういった場所に住みたいのではないかと思ってな』

キツネ姿ながらも胸を張って偉ぶってくる。

ただ、その本音はしっかりとわかり微笑ましく思えてくる。

『家……か』

わたがしはしみじみと言う。

そもそも今の集落は実質わたがしの家でもあるのだ。

その家を否定された彼からすれば、なんとも言えない気持ちになったとしても仕方ないことだった。

そんなとき、人の集落に詳しいおーくさんが言う。

『そういえば人間たちは家に住んでいるな』

『地面むき出しっていうのが良くないのね』

『で、でも、この開放感がいいんじゃないか!?』

『その開放感のせいでこの子が怪我したんじゃないの？』

『ぐっ、わ、わかった。この子に相応しい家を我が準備してやる！』

『そうね。どんな家を気に入ってくれるかわからないからみんなで準備してみるのはどうかしら？』

ポニーの提案に、歓喜の声が上がる。

みんな一番気に入られる家を造ろうと気合いを入れているようだった。

どうやら参加しないモフモフはいないようだ。

そんな中、僕はというとハイハイでおーくさんの側に寄っていた。

「あー（手伝って）」

『どうしたんだ？　なにが言いたい？』

「ちー（おうち造る）」

普通にしていたらまず伝わらなかっただろう。

でも、手足がある程度自由に動かせるようになっている今なら別の伝える方法があった。

僕は家を造ろうとヤル気になっているみんなを指差しながら、おーくさんに話しかける。

そうなるとやりたいことは自ずと伝わる。

『なるほどな。お前も家が造りたいのか』

「うー（そうだよ）」

『しかし、その小さな体では造ることはできないんじゃないのか？』

「てー（手伝って）」

どうにもみんなが造ると斜め上のものを用意しそうだったので、それなら僕が思うように造ってもらおうと考えたのだ。

もちろん僕一人で造れるわけがない。

一番人に近いおーくさんに協力を頼んでいるのもそうだった。

まともに家を造れそうだから。

二足歩行で力がある。やや器用さに難があるとはいえ、モフモフたちの面々を見比べても一番頼りになりそうだった。

次点でたぬきちさんの人型だけど、あまり長時間は変化していられないようだから、造るのに時間がかかりそうだ。

『手伝ってほしいのか？　任せておけ。と言いたいところだがどんなものを造りたいんだ？』

どうやって家の形を伝えるか迷い、やっぱり木の棒を手に取る。

一番伝わりやすいのはやっぱり直接描く方法なのだ。

もちろん地面は硬いので描けない。

だからこそ少し軟らかそうな所を探して……。

『ここなら描けないか？』

おーくさんが気を遣って、僕を砂っぽい所へと運んでくれる。

「あー（ありがとう）」

服の中に入ってくる砂は気になるけど、ここなら僕の力でも絵が描けそうだった。

早速木の棒を突き立ててみる。

ズズズッと埋まっていく木の棒に感動すら覚えてしまう。

とはいえ、後ろでジッとオークさんが見ているのだ。

あまり遊んでばかりもいられない。

真剣な表情で家の絵を描いていく。

ただ長時間描くにはこの体は向いていない。

すぐにぷるぷる震え出す体。線もややガタガタで不格好ながらもなんとか家の絵が出来上がる。

見た目少し傾いているようにも見える二階建て。

赤ちゃんの手で描いたのだからそれも仕方ないことだろう。まだ家だとわかるだけ上出来だ。

そんな僕の絵を凝視して考え込むおーくさん。

『なるほどな。こういう家に住みたいのか？』

「あー（そうだよ）」

『任せておけ。今造ってやろう』

おーくさんはそう言うと僕を背中に担いで森の方へと進んでいく。

片手で次々に大木を引き抜いていく。

細かいカットはさすがにおーくさんにはできないようだった。

とはいえ、家に必要な材料が集まってくれているだけで十分である。

それを僕の描いた絵のように造り上げていく。

加工をしていない丸太をただ組み立てているだけなのに、僕がかいた絵と寸分変わらずに……。

――なんでこういうところだけ器用なの……。

しばらくして、完成した家はまさに僕の絵そのままの出来と言っても過言ではないようなものだった。

二階建てっぽい外観をした平屋。

もちろん、線のゆがみや傾きまでも丁寧に再現している。

むしろ今まで器用さを隠していただけで本当は上手く造れるんだよね？

そう思えてしまうほど、丁寧な出来に仕上がっている。

『渾身の自信作だ！』

満足げな表情を見せるおーくさん。

確かにこれはほとんどそっくりにできているので、満足するのも当然である。

でも、違うんだよ……。そこの線のゆがみは単純にこの体だから起こったことで、本当はまっすぐに造ってほしかったんだよ……。

微妙に傾いているその家は、ちょっとした衝撃を与えるとそのまま倒れてしまいそうである。

——おーくさんには悪いけど、ここに住むのは怖いよね。でも……。

チラッと他の動物たちが造っている家を見る。

わたがしは四苦八苦しながら葉っぱを地面に敷いている。

ただ、わたがしが葉っぱを取りにいこうとすると、そのあまりにも早すぎる移動によって葉っぱが飛ばされてしまっていた。つまり論外である。

ポニーは少しマシだったが、それは飛んでないというだけで葉っぱが敷きつめられているだけ、という状況は同じだった。

さすがにあれはないかな、と反対側を見るとねこさんがマタタビと戯れている。

おそらくはあれを敷きつめようとしていたのだろうけど、その計画も失敗してしまったようだった。

たぬきちさんは一応小屋らしきものを造ってくれている。

さすが人に化けるだけあってよくわかってくれている。

ただ、なぜかタヌキサイズで造っているために小さい。

わたがしの方が大きいのでは、と思えるほどに小さな家はおそらく入るだけしかできないだろう。

——僕だけなら入れるかな？

しかし、のんびりしているたぬきちさんだからか、進みが非常に遅い。

このままだと完成するより先に、僕が普通に喋れるようになりそうだった。

結局誰もまともに住めそうな家を造ることができなかった。

諦めムードのまま最後にコンの所に行く。

家を提案してくれたのがコンだったために、まともなものができていることを期待したのだけど、残念ながらコンのところには建物らしきものは何もなかった。

——さすがにコンに造ることは難しかったかな？

いくら人型になれるとはいえ、コンは小柄なキツネである。

しかも、人になったとしてもほとんどが少女である。

稀に大人にもなれるみたいだけど、その時間はたぬきちさんが人化している時間よりも短い。

とてもじゃないけど、家が造れるほどではなかった。

『うぅぅ……、頭の中ではできておるのじゃ。どうして上手く造れないのじゃ』

よくみると何かを造ろうとした残骸だけは残されていた。

もしかするとしっかりとした設計図がコンの頭にはあるのかもしれない。

「あー、あー（おーくさん、コンの話を聞いて）」

『んっ、どうした？』

おーくさんの顔を引っぱってから指をコンの方に向ける。

それで大体の事情を察してくれたようだった。

『あれには勝てるな』

「ちー、ちー（違う違う）」

まさか他の奴には負けるかもしれない、と思っているのだろうか？

家の完成度で言ったら間違いなくおーくさんのものが一番なのに。

まぁ、僕の引いた絵が悪くて歪な形になっちゃってるけど。

『違うのか？　あぁ手伝ってやれって言ってるのか』

おーくさんは僕がずっと引っぱり続けていたことで、言っていることを判断してくれる。

僕をおぶったままゆっくりコンへと近づく。

『大丈夫か？』

『これが大丈夫に見えるのかえ？』

『……手伝おうか？』

『いらんのじゃ！』

コンは顔を背けてしまう。

でも、家が造れていないのも事実。

単に強がっているだけだろう。

僕はおーくさんの背中を叩いて下ろしてもらうとコンへと近づく。

「しょ、しょ」

『一緒に造ろうって言ってくれているのかえ？』

おっ、言っている言葉がまともに伝わったのは初めてかもしれない。

僕はにっこり微笑んで頷くと、おーくさんも仕方なさそうに頭を触っていた。

『俺はこの子に協力すると言った。この子がお前を手伝うのなら俺も協力するぞ』

『うぅぅ……、ありがとうなのじゃ……』

コンの目には涙が浮かんでいた。


しばらくして目は赤くなっているものの泣き止んだコンと僕、おーくさんはどんな家を造ろうとしていたのか話し合うことにした。

『まずはこれだけの数の動物が集まるのじゃ。それなりに大きな建物が必要になろう』

コンが僕の使っていた木の棒を使い、砂に絵を描いていく。

その形は紛うことなき家である。それも僕が描いたものとは違い、しっかりとまっすぐした線で描かれている。

『どうじゃ！　これこそわらわたちが住むに相応しい……』

『面白みのない家だな』

『なぬっ!?』

『この子が最初に描いたものを見ると良い。この集落の長であるこの子は芸術にも精通しておるのだぞ』

『ぐぬぬっ。た、確かにこんな芸術的な姿はわらわには出せんのじゃ』

――やめて。ただまっすぐに線を引けなかっただけの僕の絵を賞讃するのは。

恥ずかしさで悶絶したくなる僕は頭を抱えていた。

そして、コンの描いた絵を叩く。

「こー！（これ造る！）」

『ほらっ、やはりこれだとダメだって言っているぞ』

『確かにあれだけ芸術的なものを見せられては、わらわも本気を出したくなってきたぞえ』

――そ、そこまでしなくていいから……。普通に住めたらいいんだよー。

そんな僕の願いも空しく、おーくさんとコンは二匹で真剣に話し合い、建物のイメージ図を作り上げていったのだった。


実際に造り始めるとおーくさんが力仕事を。コンが細かい装飾を。僕は二匹の応援を担当することになった。

僕だけ何もしていないように思えるのだけど、なぜかおーくさんが興奮した様子で言ってくる。

『こ、これが関わる者を覚醒させるというこの子の能力か!?』

メラメラとやる気に満ちているようだったけど、僕から見れば何も変わっているように思えない。

むしろ先ほどと同様に、その怪力を存分に発揮しているだけのように思えた。

『ふっ、そなたもようやくこの子の能力に気づいたのかえ?』

腕を組んで自信たっぷりにいう少女のコン。

そこで僕はようやくコンたちが言っていることの意味に気づく。

——そういえばここの動物たちって、自分のことを強く見せたがっていたよね。僕のことも同じように強く見せようとしているのかも。

さすがに人間の赤ちゃんである僕を最強種に仕立て上げることはできなかったからこそ、特殊な能力を持っているという扱いにしているのかも。

それなら僕もそれにノって上げた方がコンたちも喜んでくれるかもしれない。

そう思った僕は体を起こして座るとそのまま両手を上げて言う。


「だー!!(かの者たちに力をー)」

もちろん何も起こらない。むしろこんなこと恥ずかしくて赤ちゃんの今しかとてもじゃないけど言えない（言えてないけど）。

それでもおーくさんたちは驚きの表情をして、その後気合いを入れて建物を造り始めていた。

――やっぱりこういうのってやる気に左右されるよね。

想像以上に効果があったことに満足しながら僕はコテン、と仰向けに倒れていた。

まだまだ体のバランスが良くなくていつまでも座っていられないのだ。

再びコロッと回って建物が出来上がっていく様を眺めていた。

『ぐおぉぉぉぉ!!　みなぎるぞぉぉぉぉ!!』

『思った通りに装飾を彫れるのじゃ』

――なんか元気になりすぎてるような気もするんだけど……。

苦笑をしながら建物が出来上がっていくのをぼんやりと眺めていた。


気がついたら眠っていたらしい。

ある程度生活リズムがしっかりと定まってきたものの、まだ眠っている時間は長い。

ぼんやりと建物ができていく様を見ていたら、眠くなるのも仕方ないだろう。

ゆっくり目を開けると、目の前には想像よりも大きく立派な建物が出来上がっていた。

設計の大半を自称九尾のコンが担当したからか、どこか和風チックな建物。

――ってこれはやり過ぎでしょ!?

思わずツッコミを入れたくなったけど、周りには誰もいなかった。

しばらくすると、おーくさんが額の汗を拭いながら戻ってくる。

『どうだ、この屋敷は。お前に相応しい佇まいじゃないか?』

『ふふふっ、わらわのイメージ通りの出来なのじゃ』

二匹とも満足げに笑い合っており、呆然としていた僕を見て腕を組み健闘をたたえ合っていた。

『そなたたちに協力を仰いでよかったのじゃ』

『俺たちこそ、ここまで良いものができるとは思わなかったぞ』

『こ、この家は一体なんだ!?』

さすがにこれだけ大きいものができるとは思っていなかったのか、わたがしたちが興味津々といった感じにぞろぞろとやってくる。

『ふふふっ、わらわと豚の共同作品じゃ』

『俺はオークだ』

『まぁ、どちらでもよいではないか』

ずっと笑みが止まらないコン。

ここまで立派な建物を見せられたら、他の動物たちも負けを認めざるを得なかった。

『こ、これがこの子の家か!?』

『これは……すごいわね』

『俺様たちが入っても問題なさそうだな』

『すごく大きいねー』

『どうじゃ。わらわと豚が造った家は』

コンがどんどん調子に乗っていくが、今回ばかりは褒める以外に思いつかないのも事実だった。

『早速中を見ようか』

わたがしの言葉で僕たちは建物の中へと入る。

さすがに中は殺風景な部屋だったが、今まで野外で暮らしていたことを考えると十分すぎた。

早速ハイハイをしてみると全く問題なく動き回ることができる。

全く怪我をする様子もない。

「うー（すごいよ）！」

『そうじゃろそうじゃろ。いくらでも褒めると良い』

何で僕が褒めているとわかったのだろう？

さっきからみんなに褒められまくってるから、僕も褒めていると思ったのだろうか？

もちろん褒めていたので間違いはないけど。

『ところで他の部屋はないの？』

『……部屋？』

確かに大広間はモフモフたちみんなが入れるほど広かった。

しかし、他の部屋はまるで見当たらなかった。

『他の部屋……？　そんなのいるのか？』

首を傾げるコン。

——もしかして、本当に外観と大広間だけなの!?

念のためにおーくさんの顔を見る。

すると、おーくさんもよくわかっていない様子だった。

『とりあえず今日のところはここまでにして、また徐々に部屋を造っていくってことで良いかしら？』

最後にポニーがそう締めていた。

第八話　風邪

窓から差し込んだ月の光がちょうど僕を照らしていた。それがどことなく田舎ののんびりとした暮らしを彷彿とさせる。

――そういえば、ここに来る前はずっと働きづめでこんなゆっくりとすることもなかったなぁ。

窓から空を見上げると、月や星たちがその淡い光でぼんやりと周囲を照らしている。とはいえ、一切外灯がないためにこの家の周りは漆黒の闇に包まれている。

――さ、さすがに一人で歩き回ることはできないよね。

この暗闇で外に出たら、迷って戻ってこられない自信がある。

そもそもこの集落ですら、おーくさんたちが襲ってきたりとかしていたのだ。付き添いもなしでフラフラしていたらどんな魔物に襲われるのか。考えたくもない。

――でも、このままこの閉ざされた集落にいつまでもいて良いのだろうか？

自分の将来について。自分が何をしたいのか。

静かで暗い中にいると悩みばかりが膨らんでいく。

――今の僕が考えることじゃないよね……。

思わず苦笑を浮かべる。

――わわっ!? な、なに?

『ワオォォォン!!』

突然の耳をつんざくような大きな咆哮に、僕は思わず跳びはねそうになる。

声のした方に向きを変えると、そこにいたのは隣で眠っていたわたがしだった。

スヤスヤと心地よさそうに眠っているところを見ると、さっきの咆哮はただの寝言だったようだ。

――そういえばわたがしの寝言を聞くのって初めてかも。

赤ちゃんの僕は一日の大半を眠って過ごしていた。

起きているときは基本誰かの世話になっているし、その間もわたがしはずっと起きて付き添ってくれていた。

こうやって僕が起きているときに、無防備に寝ていることがまずなかったのだ。

初めて見るわたがしの姿に、思わず微笑ましく思えてくる。

他にも僕を囲むようにたくさんの動物たちが眠っている。

——この状況はなんというのだろう？　川の字？　ううん、たくさんのモフモフが僕を中心に円を描いているから川ではなさそう。

モフモフとした動物が好きな僕からしたら、今の状況は天国のようだった。

——ううん、柔らかモフモフ楽園かな？

この家ができる前からみんな集落で寝泊まりしていたので、それぞれの住む場所はある。

それでもどうしてか、出来上がった家には集落に住む動物が全員集まってしまったのだ。

全員がなんとか入れるほどの大きさがあってよかったけど、それは本来よりもずいぶんと大きくなった結果で、僕からしても予想外の産物なのだ。

仮に当初の僕が予定していた家だったらどうなっていただろう？

あの傾いた家にわたがしが突っ込んで、そのまま家が崩れる姿を想像してしまう。

——コンとおーくさんには感謝だね。こんな立派な家を造ってくれて。

そんな二匹はというと、部屋の隅でなにやら小声で話し合っていた。

『このままだとみんなここに居着いてしまうのじゃ』

『仕方ないだろう。まともな家はここにしかないからな』

『そ、それだとわらわがあの子と遊ぶ時間が……』

コンが悔しさを露わにしている。

『それなら他の奴らにも家を用意するしかあるまい』

『うむむ、それしかなかろう。でも、やる気がでんのじゃ』

『それも仕方なかろう。この家のときは自身の力以上の力を発揮できたのだからな』

『むむむっ、確かにそれはあるのじゃ……。あの力を安定して出せたら……』

『発動の条件がわからないから仕方あるまい』

『そうなのじゃ。あのわたっころも調べてるみたいじゃが、まだまだ詳しいことはわかっておらん。どうにもあの子のために動けば大きな力を発揮できる、ということしか』

『つまりはあの子を守れば力を発揮できるということだ。この集落も同様にあの子のためになるような形にすれば……』

『なるほど、そういうことか！　よくわかったのじゃ。ところで……』

コンが床を指差す。

『どうして集落の中央にこんな変わった像を配置するのじゃ？　なにか特別な意味でも？』

『……わからない。でも、これはあの子が直接描いたもの。きっと相応の意味があるのだろう』

チラッと床に描かれているものが見えたのだけど、コンが指差していたのは僕がまともな線を掛けずにグニャグニャになってしまった家の簡易的な絵であった。

どうやらコンが床に描き直したようだ。

——そ、それはいらないよー。

思わず恥ずかしくなり、目を覆う。

——でも、こんなに遅くまで二匹は集落について考えていたんだね。

わたがしとは反対側に眠っていたポニーが、うつ伏せになっていた僕を仰向けに戻してくれる。

『あらっ、大丈夫？』

なんだかんだでご飯を担当してくれているポニーは、僕の細かい動きにすぐに反応してくれる。

わたがしが父親ならポニーが母親みたいな感じだろう。

寝る場所も僕の隣は人気で色んな動物が来たがっていたのだが、そこは僕を最初から支えてくれた二匹、実績から考えても彼らが隣に来るのが一番喧嘩がなかった。

僕としても安心できるしね。

両親に捨てられてから人がいない生活はどうかと思ったけど、案外楽しんで過ごせている気がする。

動物たちはちょっとしたことで騒ぎを起こすし、僕の考えにないことをしてくるし、気がついたら増えている。

それでもみんな仲良く楽しく暮らしているとわかるのが、今の大広間での光景である。

ぎゅうぎゅうに詰め込まれて狭いのだが、誰一匹出て行こうとはせず、みんながここで寝ている。

それにみんな僕に対して過剰とも言える愛情を注いでくれていた。

それが嬉しくもあり、むずがゆさも感じる。

わたがしは『みんなお前のことが好きなんだな』と言ってるけど、それでも何か返せたら、と思ってしまう。

——僕にもなにか力があったら……。

手を伸ばしたところで何も掴めるものはなく、空を切るだけだった。

そのときわたがしが再び大きないびきをかき始め、迷惑そうに周りの動物たちがしかめ面になっていた。

——ふふっ、わたがしらしいね。

自由奔放にみんなを引っぱっていく巨大な犬。

ポニーやねこさんとよく喧嘩をしているのだけど、それは仲良しの裏返しだとよくわかる。

全身がモフモフで僕の好みの柔らかさである。

いつからかずっとわたがしと一緒にいるのが当たり前になってきてるけど、いつまでいてくれるんだろう？

赤ちゃんの間だけ？　それとも僕が大人になるまで？

不安を感じた僕はコロッと回ってわたがしの体を掴む。

たぬきちさんのお腹もお気に入りだけど、モフモフとした毛のあるわたがしの体もまた違った心地よさがある。

そんな大きく暖かい背中に抱きつきながら僕は再び眠りにつくのだった。


『こけこっこー!!』

日が昇った瞬間にニワトリさんが大声で鳴いて朝を知らせてくれる。

その声を聞いて動物たちはゆっくりと起き上がり、それぞれ行動を開始する。

ご飯を探しに行くもの、僕の服を洗ってくれるもの、新しい家を造ろうとするもの。

様々な行動を起こしているところを見ると、ここも集落らしくなってきたと思える。

もちろん、数匹は僕の頬をツンツンと突いてくる。

くすぐったいからなるべくやめてほしいのだけど、それを顔に出すと喜ばれ、ずっと突かれるハメになるために極力表情に出さないようにしていた。

ただ、今日は違った。

突かれているはずなのにその感覚はなく、意識がどこかぼんやりとしている。

体は燃え上がるように熱く、なのにとても寒く身震いしてしまう。

――なんだろう、これ……。

ハイハイはおろか体を起こすこともできない。

意識を保つのがやっとで、気を抜くとそのまま眠ってしまいそうだった。

『あれっ？　今日は反応ないわね』

『まだ眠たいんじゃないかしら？』


この症状は前世で何度か経験しているためによくわかる。

おそらくは風邪でも引いたのだろう。体感だと四十度近い熱がある感じだった。

さすがにこんな状態ではまともに何も考えられない。

とはいえ今の僕に何かを頼めるはずもなく、ジッと耐えるしかなかった。

すると、ポニーが毎度のごとく朝ご飯のために呼びに来てくれるが、僕のただならぬ様子を見て慌てて駆け寄ってくる。

『ど、どうしたの!?　一体何があったの!?』
「あー、あー」
辛うじて喃語を話す程度しかできない。
特に言葉に意味はない。
でも、僕の姿だけでポニーは異変を感じ取り、すぐに僕の頬に前足を当ててくる。
『あ、熱い……。だ、大丈夫!?』
ポニーの声を聞いたわたがしが起き上がる。
『ど、どうしたんだ!?』
『この子の様子がおかしいの！』
今にも泣きそうな声を出すポニー。
わたがしがそっと僕に近づくと一舐めしてくる。
『熱いな。いつも熱かったけど今日は特に熱いぞ』
赤ちゃんの体温は少し高めである。
それでも四十度くらいまで上がっているのは異常としか言えなかった。
『ど、ど、どうしましょう。冷やさないと。そ、そうだ、み、水を……』
ポニーが目を回しながら水を用意しようとする。

今のポニーの様子だと水を直接僕に掛けそうな雰囲気がある。
こんなときだからこそ、わたがしが冷静に言う。
『ついでにタオルを持ってきてくれ。クーハンの中にあっただろ？』
『あっ……、そ、そうね。わかったわ』
さすがに直接水を掛けたらマズいということにポニーは今更気づく。
ドタバタとしているとその異変に気づいた者たちが近づいてくる。
『どうしたんじゃ？』
『僕たちにできることあるー？』
やってきたのはコンとたぬきちさんだった。
でも、家に入ろうとした瞬間にわたがしの怒声が響き渡る。
『今は入ってくるな!!』
『っ!?』
その声に驚いたコンたちは、ビクッと肩を振るわせて家の中までは入ってこなかった。
ただ、そのことに気づいていないわたがしは必死に僕のことを見ていた。
『この子は犬神様に守られていたんじゃないのか？　それがどうして大病に……』
ブツブツと声を漏らしながら必死に僕の容体を見る。

――単なる風邪なのだけどね。

でも、免疫のない赤ちゃんであまりにも高い体温になっていると命の危険が出てくる。

更に風邪に対して効く薬はなく、しっかりと休む以外のことはできない。

他の動物たちに伝染る可能性も考えられるので、この家に入ったらダメというわたがしの判断もあながち間違いではない。

僕の病気が二匹に伝染らないようにするためか、それとも僕の病気がこれ以上悪くならないように他の動物に接触するのをやめさせようとしたのか、その判断はわからないが。

『も、持ってきたわ』

ポニーが持ってきた水にタオルを浸すと、そのまま僕を覆い隠していた。

『これで体が冷えてくれるといいな』

――い、息が……。く、くるしい……。

頭に載せてくれるのかと思ったらまさかの全身だった。

絞られてない水浸しのタオルが顔に張り付いて息ができない。

手足をバタつかせて何とか気づいてもらおうとするけど、僕を心配しているわたがしには気づいてもらえない。

『それだと息ができないと思うよー』

先ほど建物に入らないように言われたたぬきちさんが慌てて入ってきて、タオルを退けてくれた。

『お、お前、入ってきたら……』

『大丈夫だよー。僕に伝染ってその子が治るのなら。ほらっ、病気って伝染せば治るって言うよね？』

『誰からそんなことを……？』

『えっと、前に村に行ったときに聞いたよ？』

どうやら人から得た知識のようだ。

『そうじゃ、そうじゃ。わらわも病気なんかに負けぬから、わらわに伝染すと良いのじゃ』

たぬきちさんの後ろで隠れるようにして、コンも入ってきていた。

『全く……どいつもこいつも。でも、助かった。我もどうやら気が動転していたようだ』

冷静を装っていたわたがしだが、全然そうではなかったようだ。

ずっと元気だった僕がこうなってしまったのだから、それも仕方ない。

１１９を押せばすぐに来てくれる救急車もこの世界にはないし、そもそも動物たちが呼べるはずもない。

『とにかく今はこの子を治すことが優先だねー』
『何の病気なのかわかるのか?』
『全くわからないわ』
『それなら……』
　一瞬わたがしが僕のことを見る。
『前みたいにユニコーンの力を発揮できないのか?』
　目を開いたポニー。
　ゆっくり僕に近づいてきて、なぜかアホ毛で突いてくる。
『治って……。治って……』
　しばらく続けていたけど、当然ながら治るはずがなかった。
『や、やっぱりダメ……。ユニコーンの力を発揮できたらよかったのに』
『まだ自由に能力を使えるわけじゃないしな』
　項垂(うなだ)れるポニーをわたがしが慰める。
『でもそうなると打てる手が……』
『人のことは人の医者に聞くのが一番なんだけどねー』
『我らが人の医者の所に行けるはずがないだろ?』

『そんなことないよー。僕なら大丈夫だよー』

そういうとたぬきちさんはポンッと人化していた。

『あまり長時間は無理だが、この子を見せるくらいならできるだろ』

『そ、そういうことならわらわも行くのじゃ！』

コンもたぬきちさん同様に変化すると久々に大人の姿に変わっていた。

『人里に入る前に変化すれば、医者に見せるくらいの時間はあるのじゃ』

二匹の提案にわたがしは考え込んでいた。

『……仕方ない。このままではこの子の命が危ういからな。ことは急を要する。お前はこのことをみんなに知らせてくれるか？』

わたがしがポニーに言うと彼女は不安げな表情を見せる。

『わ、私も行くわ』

『下手に人間に姿を見せる方が問題になるだろう。ここはこやつらに任せた方がいい。人間の村までは我が送っていくが』

『そ、それなら私も一緒に……』

『さすがに我の速度に追いつけないだろう？』

見た目の可愛さとは裏腹に大きなわたがしとは違い、ポニーは馬とはいえ小型である。

さすがに急いでいるわたがしの速度にはついてこられないようだ。

『……わかったわ。その代わり、何があってもその子は助けてね』

『当然だろう』

『人の村だと〝お金〟とかいうものがいるんじゃないかなー？』

タヌキに戻ったたぬきちさんが言うと、わたがしの動きが止まる。

『〝お金〟ってなんだ？　何に使う？』

『商品と引き換えに渡すもの、かな？　何かをお願いするときにも必要になるよ』

たぬきちさんの言葉にわたがしは考え込む。

『そういえばそんな噂を聞いたことがあるな。道中狩った獲物じゃダメなのか？』

『どうだろー？　余計なことをすると面倒ごとになるかもー』

たぬきちさんとわたがしが頭を悩ませる。

すると、家の外から高笑いする声が聞こえてくる。

『はっはっはっ、そんなときはこの最強の四天王たる我、青龍と呼ばれしドラゴン様の出番であるな』

家の外からトカゲさんが声を掛けてくる。

一瞬そちらに視線が向いたわたがしたちだったが、すぐに視線を元に戻していた。

『それなら金は別の方法で用意しないといけないか』
『面倒だよねー。物々交換できると良いのにー』
『わ、わらわもできることはするのじゃ』
『そうね。私にも何かできないかしら?』
『ちょ、ちょっと待て!!　我を無視するな!!』
トカゲさんが大声を上げる。
仕方なくわたがしはもう一度視線を戻す。
『この忙しいときにどうしたんだ?　もし用事がないというのなら……』
『ふふふっ、金色に輝く黄金と言えば我であろう。ドラゴンの本質を忘れたのか!?』
確かにドラゴンは金銀財宝を集めるという話はある。
ただ、それは本物のドラゴンの場合だ。
今回の場合は自称ドラゴンのトカゲさんである。
そんなものを持っているか怪しいものだった。
しかし、トカゲさんは不敵な笑みを止めない。
『これを使うといい。我には必要のないものであるが金が必要なら使えるだろ?』
トカゲさんの後ろには金色に輝く恰幅(かっぷく)の良い男の像が置かれていた。

『確かに金だねー。お金ではないけど、価値のあるものだよ』

『金(きん)と金(かね)は違うものなのか!?』

トカゲさんが驚きの表情をする。

『大丈夫だよー。これはお金の代わりに使えると思うから』

『これは芸術なのか？　あまり見ていたくないのじゃ』

あまり像としての評判は良くないものの、トカゲさんの評価は上がっていた。

『お前……、弱いトカゲじゃなかったんだな』

わたがしが誰も言わなかったことを言うと、トカゲさんは怒りで体を震わせていた。

『我はドラゴンと言っておるではないか！　ちっ、早く行くと良い。そいつが死ぬ前に』

『すまん、恩に着る』

わたがしは僕たちを乗せると急いで集落を後にしていた。


山を下り、しばらく走っていると村にたどり着く。その間、わずか半日である。

とはいえ、既に意識が朦朧(もうろう)としている僕からは何も見えず、急にわたがしが止まったからそう判断しただけだった。

『ふぅ……、結構飛ばしたから誰かに見られたかもしれないな』

確かに景色が目まぐるしく変わっており、どのくらいの速度が出ていたのかさっぱり見当もつかなかった。

『我はここまでだな。ずいぶんと力を使ってしまった。少し休んで回復しておく』

『ここから先は僕たちに任せてー』

『絶対にこの子を治してくるのじゃ』

コンとたぬきちさんが人化して、僕の入ったクーハンと金の像を持つ。

『すまない。我はここにいる故に何かあったらすぐに来るといい』

『わかった』

背筋をピンとしてクーハンを持って歩くたぬきちさんのあとを、金の像を抱えたコンが追いかけていく。

この二人は夫婦にも見えなくもないのだが、耳と尻尾を隠し切れていないコンは完全な人には見えなかった。

『おいっ、耳と尻尾は隠せないのか？』

『わ、わらわはこれが限界なのじゃ』

『仕方ない。それなら……』

たぬきちさんはその辺で葉っぱを拾ってコンの頭に置く。

するとすぐにコンの耳と尻尾が消えていた。

『あくまでも視界を誤魔化(ごまか)しているだけだ。直接触られないように注意しろ』

『わかったのじゃ。すまなかったのじゃ』

『いや、気にするな。俺もどのくらい今の力が使えるのか試したかっただけだ』

問題がなくなったことでやや早足になる二匹。

村へたどり着くと、早速通りがかりの女性に話しかける。

『この村に医者はいないか!?』

「あっ、えっと、な、何を言っているのでしょうか？」

たぬきちさんが普段の言葉で話しかけたものだから、女性は混乱している様子だった。

ただぼんやりとした意識ながらもその言葉を僕は聞き分けられたので不思議に思う。

——あれっ？　僕は人の言葉も聞き分けられるの？

動物たちだけかと思っていたけど、人も動物ってことなのかな？

詳しく考えたいが、そこまで頭が働かずに断念する。

たぬきちさんは咳払(せきばら)いをすると改めて言う。

「申し訳ない。慌てて気が動転していたようだ」

どうやらたぬきちさんは、普通に人の言葉も話せるようだった。

とはいえ人化しているときだけだろうか？

そうじゃないなら普段のタヌキ姿で僕に話しかけるときも、人の言葉で話していたはずだもんね。

「ところでこの村に医者はいるか？」

「あっ、はい。私のおじいちゃんがお医者さんで……」

「そうか、助かったぞ」

それだけ言うと、たぬきちさんは急いで歩き始めていた。

まったくお医者さんの居場所を聞かずに歩き出すたぬきちさんに、僕や女性はキョトンとする。

ただ、少し歩いたあと、再び女性の前に戻っていく。

「す、すまない。場所を聞くのを忘れていた」

「は、はぁ。ご案内しましょうか？」

「助かる」

「ところでその子は……？」

「俺の子だ」

「わらわの子なのじゃ」

当たり前のようにコンとたぬきちさんがいうと、女性は思わず微笑んでいた。

「ふふっ、仲睦（なかむつ）まじいのですね。あっ、体調を崩しているのですね。もう少し布団を掛けて暖めてあげた方がいいですよ」

「……わかった」

たぬきちさんが女性の話を素直に聞いていた。

おそらくはこの女性も僕の病気について詳しいと判断したのだろう。

ただの風邪なので、熱が上がりすぎなかったらしっかりと栄養を取って休んでいれば治ってくれるはず。

「そうですね、一度うちへ寄っても良いですか？」

「今はこの子を医者に見てもらうことが先決だ！」

「ですが、この子も汗をかいているみたいですから服を替えないと余計に症状が悪くなりますよ？」

「むっ、そうなのか？　それなら頼む」

たぬきちさんは素直に女性の話を聞く。

すると後ろからコンが不安そうに言う。

『本当に良いのか？　こやつを信用して』

『今はこの子のためになることが一番だ』

『でも時間が……』

『それは仕方あるまい。なるべく長時間変化できるように頑張るだけだ』

『わ、わかったのじゃ』

ヒソヒソと二匹だけで会話をしていた。

長時間化けていられないことはわかっているので、僕自身も少し不安ではあった。

「どうかしましたか?」

「いや、なんでもない。それよりも急ぐとしよう」

たぬきちさんは急ぎ足で女性の家へと向かうのだった。

「弟のお下がりでごめんなさいね」

女性の家につくと、テキパキと僕の服が替えられた。

綺麗な服に替えてもらったので文句を言うつもりはないのだけど、新しい服はどこかゴワゴワとして着心地はあまり良くない。

これがこの世界では一般的なのかもしれない。

そうなると今まで着ていた服はいったい?

意識を保っているのがやっとで自分が今どんな格好をしているのかさっぱりわからない。

それでも意識を失っていないのは、逆にしんどすぎて眠れないからに他ならない。

「助かった」

「この子はあまり服を持っていなかったのじゃ」

「そうなのですね。それならいくつかお下がりがあるから持っていきますか？」

女性が服をいくつか譲ってくれる。

「……済まない」

「いいえ、困ったときはお互い様ですよ。ではおじいちゃんのところに行きましょう」

女性の案内の下、僕たちは村はずれにあるお医者さんの家へと向かうのだった。


「おじいちゃん、いる？」

「どうかしたのか？」

女性が村はずれの家に入り声を掛けると、すぐにメガネを掛けた老人が出てくる。

どうやら彼がこの村のお医者さんらしい。

「この子が病気なんだ。診てくれないか!?」

たぬきちさんが僕を老人の前へと差し出す。

「ふむ、中に入ると良い」

老人はジッとたぬきちさんやコンのことを見つめたあと、何も言わずに家の中へと入っていった。

まるで人を見透かすようなその視線にたぬきちさんは思わず口を閉ざす。

『気づかれたと思うか?』

『わからないのじゃ。でも何かあったときに対処できるようにしておくのじゃ』

コンは一度頷くとたぬきちさんの後ろで目を光らせていた。

「詳しく診るからここに寝かせてくれるか?」

「……わかった」

たぬきちさんは僕をベッドに置くと、側で鋭い視線を老人に向けていた。

まずは喉の奥を確認される。その次に呼吸音を聞かれ、色々とたぬきちさんに質問をしていたようだった。

その様子をぼんやりとした意識の中、僕は聞いていた。

「どうじゃ? この子の容体は」

コンが不安そうな声で確認をする。

すると先生は少し考えたあと答える。

「これは風邪じゃな」

「か、風邪ぇぇぇ!?」

先生の答えを聞きコンは思わず大声をあげる。

それはまるで大病を宣告されたかのように。

『風邪というものを知っておるか？』

『俺も初めて聞くな。そもそも人間の病気は知らん』

『わらわもじゃ。一体どんな深刻な病気なんじゃろう』

『とにかく詳細を聞いてみるしかないだろうな』

「そ、それは治るのか？」

「く、薬はあるのかえ？」

「風邪を治す薬はないな」

――確かに風邪に効く薬が作れたら、ノーベル賞を取れるとか言われていたほどだもんね。この世界でもそれは同じなんだ……。

ただ、先生のその言葉はたぬきちさんたちにとっては衝撃的なものだったらしい。

「そ、それじゃあこの子は治らないのか？」

たぬきちさんは真っ青になって聞く。

「そんなこと言っておらん。しっかりと栄養をつけてゆっくり休ませると自然と治るじゃろう」

「ほ、本当にそうなのか？　こんなに苦しそうにしているんだぞ」

「そもそも風邪も知らないなんてお主たちは一体何者なのじゃ？」

訝しむ顔をする先生。

ぼんやりとした意識の中、僕も同じことを思っていた。

ただの風邪なら季節の変わり目とかでも普通に引くことはある。

それを全く知らないなんて、怪しい人に他ならない。

それを動物たちに求めるというのも酷なものだが。

「た、たまたまじゃ。たまたま初めて聞いただけの話なのじゃ」

コンが慌てふためきながら言うが、それは逆効果な気もしていた。

「とにかく詳しく治療法を聞かせてもらえるだろうか？」

たぬきちさんが何とか冷静を装い先生に確認する。

「しっかりと寝ていれば治るが、そんなに不安なら一日泊まっていくといい。一日休ませたら明日には体調は戻っているじゃろう」

「すまない。恩に着る」

『大丈夫なのかえ？　わらわたちの変化はそんな長時間持たないのじゃ』

『仕方ないだろう？　この子のためだからな』

『わかったのじゃ』

内緒話の相談が終わると、僕は転生して初めてクーハンじゃないベッドに寝かされる。

僕が寝ている間にぬるま湯で体を綺麗に拭かれたようだ。

集落ではお風呂もなかったために、こうして清潔を保てるのは嬉しかった。

「うーむ、少しかぶれておるな。薬を塗っておこう」

急にお尻に冷たいものが塗られ思わずビクッと飛び起きてしまう。

「起こしてしまったか？」

「だーだー（大丈夫）」

「強い子じゃな。それにしてもお前さんを連れてきたあやつらは一体誰だったんじゃ？」

「……？」

言っている意味がよくわからなくて首を傾げる。

確かにたぬきちさんやコンの正体を知っているのならばまだわかる。

でも、彼らは人に化けていた。その正体を見抜くなんてことできるはずもないだろう。

——そういえばコンたちはどこに行ったのだろう？

首を傾げて周りを見ると、僕が寝ているベッドにもたれかかるようにコンがスヤスヤと寝息を立てていた。

ずっと僕を心配していてくれたのだから、疲れてしまうのも無理はないだろう。

僕は手を伸ばすとコンの頭に触る。

上手く撫でられないのは残念だけど、それでもできる限りのことはする。

「あー（ありがとう、コン）」

「見た目は仲のいい親子なんじゃが、どうにも違和感がある。あの妙齢の女性が妙に子供っぽいと言うか……」

それは仕方ないことだろう。僕から見てもコンは子供っぽい。

——今は大人の姿に変化しているけど……。えっ!?

よくよく見るとコンのキツネ耳が見える。尻尾もいつのまにか現れていた。

——こ、このままだとコンが人じゃないってバレちゃう!?

たまたま先生がそちらを向いていなかったから、まだ気づいていない様子だったけれども、僕は慌ててコンにも布団をかける。

もちろん丁寧にかけるなんて器用なことはできない。

どちらかといえば布団を蹴っ飛ばしてそれを上手くコンに当てる、というのが正しいだろう。

――ふぅ……。なんとか上手くいったよ。

無事に耳と尻尾を隠せると、僕は荒い息を吐きながらホッとする。ただすぐに冷静になる。

――一体風邪なのに何をしてるんだろう？

面倒を見てもらっている側のはずが、いつの間にか面倒を見る側になっている。

とはいえ、先生に診てもらって一日家で寝させてもらっていたからだろうか、すっかり体調は良くなっていた。

まだどこか体が火照った感じはあるので、熱は完全に下がりきってはいないのだろうけど、もう意識ははっきりとしていた。

今までずっとモフモフたちとしか暮らしてこなかったけれども、やっぱりこの世界にも普通の人がいるようだ。

僕が人であることを考えたらそれは当然のことなんだけれども、今までの環境が環境なだけあってそのことは少し疑っていた。

そうなると僕を置いていった両親も人、ということで間違いないようだ。

ただモフモフたちが〝魔法〟とか言っていただけあって、ここは前世とは違い、不思議な力が存在している世界のようだ。

この先生の家ですら世界史の教科書で見た中世を彷彿とさせていた。

窓は枠が付けられているだけでガラスはない。

おそらく、ガラスは高級品で付けられなかったのだろう。

ベッドはあるものの硬く、長時間寝るにはあまり向いていない。

とはいえまだまだ若い、というのも変だけど0歳児の赤ちゃんなのだ。硬いベッドで寝たとしても体が痛むことはない。

でも、ここ最近ずっとモフモフに抱きついて寝ていたこともあり、柔らかさが恋しかった。

「わー(わたがしに会いたいな)」

常に僕の側にい続けてくれた、わたがし。

この世界に来て一度も離れたことがないため、心細さを感じてしまう。

もちろんこの先生の家も居心地は悪くなかった。

誰かに助けを求めないと生きていけない赤ちゃんということもあり、手慣れている先生はとてもありがたい存在である。

「それにこの服……、どこかで見覚えがあるような？」

いつ洗濯したのか、綺麗になった僕の服を見て先生は首を傾げていた。

――服に見覚えがあるってことは、もしかしたら僕を捨てた両親に心当たりがあるの？

さすがに単に売っている場所を見たことがある、とかだろうけど、もしこの服が僕専用に作られたものなら可能性はなくはなかった。

――もう少し詳しく聞いてみたいな。

「うーん、まさかな」

僕の希望も空しく、先生は自分の考えを否定し、それ以上何も言うことはなかった。

第九話　復活

先生と話していた途中でいつの間にか眠ってしまった僕。

次に目が覚めたのは昼前になってからのことだった。

「だー（元気になったー）！」

すっかり体の火照りもとれ、元気になった僕は思わず声を上げる。

そんな僕の様子を見て先生は思わず笑っていた。

「元気になったようじゃな。でもしばらくは栄養のつくものを食った方がいいぞ」

先生が用意してくれたのは、お粥をさらに水っぽくした離乳食であった。

「飯はちゃんと食えていたのか？」

「うー」

先生の言葉に返事するように頷くと、離乳食を食べさせてもらう。

この世界で食べるお乳以外のまともな食事である。

期待するなという方が難しいもので……。

ゆっくりと味わう。ただその速度は次第にゆっくりになっていく。

――あんまりおいしくない……。

これならポニーからもらうお乳の方がはるかにおいしかった。

とはいえ、食事が必要なことはよくわかっている。

いやいやながらもしぶしぶ離乳食を食べていく。

それでも初めての食事。意外とお腹は膨れるようだった。

「もう全部食べたのか。そんなに美味しかったのか？」

「まー（まずかったです）」

「あはは、そうかそうか。それなら次の食事もこの美味しいご飯を用意してやろう」

「やー（やめてー）」

必死に拒否をしているのに、僕の意思はまるで通じなかった。

それどころか、逆に僕をいじめて楽しんでいるようにも思えてくる。

『もう大丈夫なのかえ？』

姿が見えないなと思っていたら、僕の布団の中に隠れていたコン。

もう変化は解けているようでキツネの姿になっている。

「だー（もうだいじょうぶだよ）」

さすがにその姿のままでは危ないと思うのだけれども、僕が心配でずっとついていてくれたようだった。

そんなコンを安心させるように僕は返事をする。

「たー、たー（ところでたぬきちさんは？）」

さっきから姿の見えないたぬきちさんを不思議に思い、コンに聞いてみる。

もちろん言葉は通じることはないのだけれども、何かを捜す様子からコンは僕が何を言おうとしているのか察してくれる。

『早くから何か用事があると言って出て行ったのじゃ』

——用事？　一体何があったのだろう？

不思議に思いつつも詳しく聞くような手段はない。きっとその用事が終わったら戻ってきてくれるだろう。そんなことを考えていると先生がやってくる。

慌てたコンはさっとベッドの下に隠れていた。

「誰かいたような……気のせいか？」

「せー（気のせいだよ）」

「まぁいい」

先生は再び僕の体温や呼吸を調べていた。

「ずいぶん体調は良くなったようじゃな。これなら明日には帰れるじゃろう」

「あーあー（ありがとう）」

伝わらないとわかりつつもしっかりとお礼は言う。

「そういえばお前さんのことをあの男性から聞いたぞ。捨てられていたそうじゃな」

子供に聞かせるには重たい話を先生はしてくる。

赤ちゃんだから通じていないと思っているのだろう。案外赤ちゃんもしっかり話を聞いている。もちろん覚えていられる量にも限りはあるため、はっきりとした記憶は残っていないらしいけど。

「子育てをしたことがない人のところにいたら色々と大変じゃないか？　もしお前さんがよかったら……」

途中で先生が口を閉ざす。何を言おうとしていたのかはっきりとわかる。

確かに人と生活を送ると心配なくちゃんと成長できるだろう。

とはいえ、それは今までお世話になってきたわたがしたちからも離れるということになる。たぬきちさんやコンとも……。

それがわかっているからこそ、先生は口を閉ざしたのだろう。

「……戻ってきたのか？」

部屋の扉が開くとたぬきちさんが入ってくる。

どうやらたぬきちさんはまだ人化が続いている様子だった。

それでもどことなく限界が近いのか、顔色はあまり良くなかった。

「この子の様子はどうだ？」

「もう大丈夫だ。明日には完治する」

「それは助かった」

「それよりも今はお主じゃ。死にそうな顔色をしているぞ」

「俺なら問題ない。休めば治る」

全然大丈夫そうには見えないけど、ずっと人化していることが原因ならば治るものでもない。

それがわかっている僕だからこそ、たぬきちさんの足に手を当てて言う。

「あー（ありがとう）」

するとたぬきちさんが僕を抱っこしてくれる。

「俺のことを気にしてくれたのか？　ありがとうな」

そのまま手を伸ばしてたぬきちさんを撫でようとするが、手足の短さのせいでお腹にしか触れなかった。

「たーたー」

「あぁ、あと少しで帰れるな。よし、俺も頑張ろう」

お腹を撫でただけなのに、たぬきちさんはやる気を見せてくれる。

しかも、どこかしら顔色も良くなったように見える。

あと、抱っこで揺らされたからだろうか？

それとも、まだまだ病み上がりだからだろうか？

だんだんと眠気が襲ってきて、そのまま僕は眠りについていた。


夜、窓の方から声が聞こえて目を覚ます。

ベッドの下にいたはずのコンはいつの間にか姿を消しており、たぬきちさんの姿もない。

完全に僕は一人っきりだった。

『おい、起きているか？』

聞き覚えのあるその声がする方を見ると、窓が白い毛で覆われていた。

『起きているな。ちょうどよかった』

どうしたのだろう？　わざわざ……。

不思議に思った僕はその場に座る。

「あーあー（どうしたの？）」

『お前が言葉を理解できているかわからないが、話しておく。お前はこのまま人間の世界で暮らした方が良いんじゃないのか？』

突然そんなことを言われて僕は呆然としてしまう。

「いー（いきなりどうしたの）」

『お前が捨てられていたからこそ、我はお前を拾って育ててきた。ただ、そもそも人間を育てたことのある奴はいないからな。それにこれから先暮らしていくなら、やっぱり人は人に育ててもらう方がいいだろ？』

「そー（そんなことないよ）」

まるでここに捨てられていきそうな、そんな言葉に僕は必死に首を横に振る。

『本当は離れたくない。お前は我が子同然だからな。でも、これから先も一緒にいられるか自信がないんだ。我とお前はそもそもの種族が違うから。明日までには結論を出すから少し待っていてくれるか？』

わたがしが辛(つら)そうな表情を浮かべながら言う。

そして、僕が何か言う前に『ごめんな』と呟(つぶや)いて、窓から見えていた白い毛は姿を消していた。

『聞いていたか？』

突然部屋から声が聞こえてくる。

まだ人化を保っていたたぬきちさんだった。

「あー（どういうことなの？）」

『俺たちだと今回みたいな病気ですら対処できない。それを痛感してな。幸いなことにあの老人がお前を引き取るという話も出ている。その方がお前のために良いかもしれない、とも思ってるんだ』

「うー（そんなことないよ）」

僕は必死に否定する。

たぬきちさんもどこか悔しそうにしていた。

『俺たちも本当はお前と暮らしたいんだ。俺たちの能力をここまで引き上げてくれたのはお前だけだからな。伝説にある神獣使いと同じ力をお前は見せてくれた』

――神獣使い？　一体何のこと？　僕はただみんなと楽しく暮らしていただけだよ？

訳のわからない情報が出てきて首を傾げる。

ただ、たぬきちさんもわたがしも僕の許から去ろうとしていることだけはわかる。

なんでそう結論づけたのかもわからなくもない。

やはり動物たちが人の子を育てるのはすごく大変だった、ということなのだろう。

人が子供を育てるのも大変なのに、種族が違うと余計に……。

みんな一緒に楽しく暮らせていたと思っていたのは、僕だけだったのかな……？

そう考えるとなんだか悲しくなる。

『本当に俺たちだけでお前を育てられるかみんなで相談する。誰と暮らすのがお前のためになるのか』

みんな0歳児に重大な話をしすぎだよ。

そもそも言葉は聞こえているかもしれないけど、まだ意味は理解していないような年だよ？　僕がたまたま記憶を持ったまま転生したからわかってるけど。

とはいえ、確かに僕の今後のこともある。

これからどうやって生きていきたいか……。しっかりと考える必要はあるだろう。

『わ、わらわはこやつと一緒にいるのじゃ。離れるなんて嫌なのじゃ』

いつの間にか部屋に戻ってきたコンは、僕の布団へと潜り込んでいた。

涙を流して僕に体重を掛けてくる。

その衝撃で僕もそのまま倒れ込んでしまう。

「おー（重たいよ）」

『そ、そうか。お主もわらわと一緒にいたいのじゃな』

そんなことは言っていないのだけど、でもいたいのは間違いじゃない。

手を動かしてコンを触る。

『お前くらいならペットとして見てもらえるか……』

『だ、大丈夫なのじゃ。きっとこやつもわらわたちを選ぶのじゃ』

『あのな……。この子のことも考えてみろ。同じ種族がたくさんいて、この子を見てくれると言っている。本当に俺たちと来ることがこの子のためになるのか？』

コンとたぬきちさんが僕のことで言い合いをしている。

みんな僕のことを思ってくれているのがよくわかった。

そこまで考えてくれているのなら、僕もしっかり考えないと……。

深刻な悩みのせいでまるで寝られなくなるかと思ったが、実際は全くそんなことはなかった。

むしろ頭を使ったせいで眠気が襲ってきてしまい、そのまま眠ってしまった。

コンも僕の布団の上でそのまま眠ってしまったようだった。

周りに気が回らなかったのはコンのミスだけど、それほど衝撃的な話題だったのだから仕方ない。

「そろそろ起きておるか？」

部屋に入ってきた先生は布団の上にキツネが乗っていたことに少し驚いていた様子だったが、それでも何か察しているのか、それを話題にあげることはなかった。

先生の声で目が覚めた僕、コンの姿を見られたことで青ざめてしまったけど、何事もなくてよかった、とホッとする。

「あー（起きたよ）」

「そうか。それならよかった」

安心して笑みを浮かべると、昨日同様に僕の体を調べていった。

「もう大丈夫そうじゃな」

「うー（よかった）」

——これであの集落に帰れそうだった。

でも、問題はこれからである。

「ところで彼から話は聞いているかい？」

先生の言葉に僕は頷いて返す。

「賢い子なんじゃな。たまたま頷いただけかもしれんが」

先生が僕を抱っこしてくれる。

ただ、なんだろう。落ち着くどころか、やや警戒してしまい体が強張ってしまう。

そもそも一日二日しか会っていない人を信用しろと言っても無理なことである。

それは先生も同じことだった。

僕のことを心配してくれたのかもしれないけど、それにしては決断が早すぎる。

何か理由があるのか……、それとも別の思惑があるのか……。

そう考えるとまたまた警戒してしまった。

「確かにお前さんを育ててくれた彼から離すのは心苦しいけど、それでも彼らに育ててもらうのは無理があるんじゃないか？　ここは田舎だから決して良い暮らしができるとは言えんが、それでも苦労をさせることはないぞ」

やっぱりあの日だ……。

全てを見透かされるようなそんな感覚に僕は身震いしてしまう。

それはコンも同じだったようで、飛び起きて警戒心を露わにしていた。

「ほほほっ、大丈夫じゃよ。このメガネは相手の魔力に異常がないかを調べるために使う魔道具じゃ。魔力に異常がないかを診ただけじゃよ」

先生は僕を安心させるように言う。

この世界に来て初めて見た魔道具に、僕は一瞬だけ目を輝かせてしまう。

でも、それってもしかしてコンたちのこともバレてしまうんじゃ……。

「やっぱり、あのときの嬢ちゃんかい」

「あー（わかっていた……の？）」

コンが人化していたことは既にバレてしまっていたようだ。そうなるとたぬきちさんも同様にバレていると考えるべきだろう。

どうして急に僕を引き取る話をしたのか、これでよくわかった。

僕が動物たちに育てられていると知ったからこそ、引き取ることを提案したわけだ。

「安心すると良い。このことを誰かに言うつもりはない」

先生のその言葉に僕はホッとする。

「もしこれからも彼らと過ごすとなると大変なことがたくさんあるぞ？　それがわかるからこそ、あのタヌキくんにお前さんを引き取る話をしたのじゃ」

そもそも僕が今まで生きられたこと自体が奇跡に近い。

わたがしが捨てられた僕を見つけてくれなかったら……。

ポニーがご飯をくれなかったら……。

ねこさんがたくさんの動物たちを連れてきてくれなかったら……。

おーくさんが家を造ってくれなかったら……。

たぬきちさんやコンが先生のところまで連れてきてくれなかったら……。


たくさんの奇跡が重なって今の僕がいるとも言える。

これから先もそれが続くのかはわからない。

先生に引き取ってもらえたら、少なくとも飢えたり生活に困ったりはないだろう。

それでも――。

『其方（そなた）がどっちを選んでもわらわは一緒について行くのじゃ』

コンの力強い言葉。

ただ、僕はコンだけじゃなくてみんなと一緒に居たい。

確かに大変だったけど、それでも苦労して騒ぎ合って、モフモフとした体を借りて一緒に寝たい。

自分の気持ちがはっきりとわかる。

――僕はやっぱりみんなと一緒にいたいんだ！

とはいえ、それをどうやってみんなに伝えるかが問題になりそうだった。

たぬきちさんのところへハイハイで行ったらいいのかな？

側に寄ってきてくれたコンの頭を撫でようとする。

ただ、まだそこまで器用に手を動かせるわけでもなく、コンの頭を叩く形になってしまったのだが、それでもコンは笑ってくれる。

『なんじゃ、わらわに遊んでほしいのか？　よし、高い高いじゃ』

たぬきちさんがしていたように僕を持ち上げようとするが、ただでさえ非力なうえ今はキツネ姿。僕の体が持ち上がるはずもなく、諦めて僕の隣へと移動してきただけだった。


そして、夕方。

いよいよ僕が退院する時間になる。

――いつか見た夕焼けもこんな感じだったなぁ。

燃え上がるような赤と冷たい青のコントラスト。それはある意味さっきまでの僕の感情を表しているようでもあった。

わたがしたちと楽しんでいた色鮮やかな思い出と未来への不安。

それが明るい赤と暗い青といった感じで広がっているかのようだった。

とはいえ今の僕の気持ちは固まっている。
――僕はわたがしたちと共にいる！
ここまで育ててもらっているのに、僕はまだ彼らに何も返せていない。
いつか彼らの許を去る日が来るのかもしれない。
それでも受けた恩は必ず返したい。
そんな強い決意が笑顔という形で表れる。
僕を抱いてくれている少女姿のコンは、その笑顔を見て驚いていた。
『わ、笑ったのじゃ。こんな笑顔、初めてなのじゃ！』
――えっと、今まで何度も笑顔は見せていたよね？
でも、ここまで清々しい気持ちで笑うのは確かに初めてだったかもしれない。
今世でも前世でも……。
「まーまー（まだかなまだかな）」
『ははは っ、わらわはママかえ』
――えっ？
「ちーちー（違うよ違うよ？）」
『なるほどの。それで父があのタヌキなのじゃな』

なんかとんでもない勘違いをされている。

とはいえ、モフモフたちが勝手に勘違いするのは今に始まったことではない。

むしろ日常が戻ってきたとして、喜ぶところなのかもしれない。

『それにしても遅いのぉ。一体あのタヌキは何をしているのじゃ？』

もしかすると僕の答えを聞かずにここに置いていくつもりなのかな？

ううん、わたがしもたぬきちさんもそんなことをする性格じゃない。

そうなると考えられるのはわたがしたちに何かあった、ということだ。

「こーこー（コン、行こう）」

『な、なんじゃ。引っぱるでない』

コンの尻尾を引っぱって移動を促す。

「やっぱり行ってしまうのか？」

先生は悲しそうな表情を浮かべる。

本当に僕のことを心配してくれていたのだろう。

だから僕は彼の意志を無下にせず、しっかり頷いて自分の意志を示す。

「……わかった。ただ困ったことがあったらいつでも来るんじゃぞ。そのときは力になるから」

「あー（ありがとう）」

僕はお礼を言うとコンに近づいてもらうように尻尾を引っぱって、先生に手を伸ばそうとする。

すると、先生は無言のまま僕を抱きかかえてくれる。

その表情はまるで孫を見るおじいちゃんのようで、哀愁が漂っていた。

とはいえ、それも一瞬のことだった。

「そう決断するかもと思って離乳食一式や服、あとはタオルなんかも色々と集めておいた。この子の体もしっかり清潔にするようにな」

「わ、わかっておるのじゃ」

コンが人の言葉で返す。

なんか僕のことに関して色々と叩き込まれたのか、焦っている感じが伝わってくる。

「そうだな。あとは……お前さんが元々着ておった服、あれをもらってもよいか？」

「うー？（あんなもの、どうするの）」

僕が首を傾げていると知ると先生は更に詳細に教えてくれる。

「どこかであの服に描かれた模様を見たことがあるのじゃ。それを少し調べようと思ってな……」

――もしかして僕のために!?

そんなことを言われては、頷く以外の返答はできなかった。

「あと、あれは持って帰ってくれて良いからな」

先生が視線を向けた先にあったのは、庭先に無造作に転がっている金の恰幅の良い男の像だった。

「い、いらないのか？　確か人は金で色々してもらうって……」

「さすがにあれはね……」

先生が苦笑を浮かべている。

その気持ちは僕もよくわかった。

あんな気持ち悪……うぅん、趣味の悪いものを置いていては感性を疑われかねない。

かといって換金するのも話題になりそうで嫌だ。

つまりは置いておく以外の使い道がないものだったのだ。

「でもわらわももう持てないのじゃ」

「たー（たぬきちさんに持ってもらおう）」

「いやいや、お主には持てないのじゃ」

誰も僕が持つとは言ってないし、持ちたくもないよ!?

僕が首を横に振ると事情を察してくれる。

「それにしても遅いのじゃ」

すでに迎えに来ると言っていた時刻は大幅にすぎており、空は哀愁の青が大半を支配していた。

もはや何かトラブルがあったとしか思えない。

「あー（行こう）」

「一度あのわんこと別れた場所に行ってみるかえ？」

「さすがに今日はもう遅いから、明日にしたらどうじゃ？」

先生が気を遣ってくれるが、何かあったのなら行くのは早い方がいい。

だからこそ僕はコンの耳を触る。

「こ、これっ、くすぐったいのじゃ。わ、わかった。行きたいのじゃな」

耳は弱点だったのか、コンが笑い声を上げる。

離すとやや艶っぽい感じに呼吸を荒くしていた。

「そういうわけじゃ。一度様子を見てくるのじゃ」

「わかった。でも、危険には飛び込まんでくれ。まだまだその子は何もできない赤ちゃんなのだからな」

「もちろんなのじゃ。この子はわらわがしっかり守るのじゃ」

コンはもらった荷物が入ったリュックを背負い、僕を抱っこしながらわたがしと別れた場所へと向かう。


『……誰もいないのじゃ』

「ねー」

もしかしたらわたがしが待っているかも、と僅かばかりの期待を持っていたが、それはあっさり崩されることになった。

別れた場所は草が大きなものに踏まれた形跡はあるものの、それ以外は特段変わった様子はない。

『うーむ、これはさすがに変なのじゃ』

確かにこうもわたがしが姿を見せないのは、違和感を通り過ぎて疑問しか浮かばなかった。

「わー、わー（わたがしー、わたがしー）」

僕も精一杯わたがしを呼ぶ。

それでも誰の姿も見えなかった。

『これは一度あの集落に戻った方が良いかもしれんな』

コンの言葉に僕は頷く。

ただ、今のコンの姿だと僕を抱っこするだけでも結構いっぱいいっぱいなので、遠い集落まで行くのにどのくらいの時間がかかるかわかったものではなかった。

『が、頑張るのじゃ』

コンは気合いを入れているが明らかに空回り気味である。

できればわたがしみたいに一瞬でいけるような、そんな方法はないだろうか？

そんなとき、揺れるコンの尻尾を見てふと思いつく。

思いっきり尻尾を引っぱるとコンはびっくりして人化が解けていた。

その瞬間に空中に放り出される僕だが、なんとか地面に落ちる前にコンが身を挺して守ってくれる。

『き、急に引っぱるでない。びっくりしたではないか！』

コンに怒られるが、それを気にすることなく僕は地面にわたがしのような絵を描く。

もちろん例のごとく波打った線でお世辞にも似ているとはいえない。

それでもコンは僕がわたがしを描いたのだと理解してくれる。

『わんこ、いないのじゃ』

キツネ姿のコンはため息を吐いていた。

そんなコンに対して僕は指差した後、そのままその指をわたがしの絵にスライドさせる。

最初はただの赤ちゃんの遊びかと思っていたコンだけど、すぐにハッと閃いていた。

『そ、そうじゃ。わらわがあの犬に変化すれば一瞬で帰れるではないか』

「おー」

僕が拳を上げるとコンは早速わたがしへの変化を始めていた。

『確かこんな感じじゃな』

ポンッと甲高い音が鳴ると白い煙に周囲が包まれ、しばらくすると煙が晴れてくる。

ゆっくりと白くて巨大な姿を見せる。

「わー！（わたがし）」

僕が声を上げるが、白い毛並みはわたがしそのものなのだけど、どこか違った姿をしていた。

どことは言わないけど、なんだか僕が地面に描いたわたがしに似ているような……。

『うむ、そっくりじゃ。どうじゃ、この姿は？』

満足げな表情を見せるコンだけど、見た目は僕が描いたわたがしで耳と尻尾はコンのまま。明らかに別の生物が出来上がっていた。

とはいえ、巨大な犬という点では間違っていない。

そもそも集落まで移動することが目的なのだから、わたがしじゃなくてもいいのだ。

『よし、これならすぐに行けるのじゃ』

「あー（無理しないでね）」

コンはあまり長時間変化していられない。

だからこそ、無理をして誰も居ないような所で変化が解けてしまったらすごく困る。主に僕が――。

そんな僕の気持ちはあまり伝わっていない様子だった。

『行くのじゃ!!』

コンは僕を背中に乗せると、そのまま高速で移動を始める。

その速度はまるでわたがしのよう……には行かずに普段のコンよりは早い、という程度だった。

『あ、あれっ？　ど、どうしてあの速度が出ないのじゃ？』

走りながら口に出すコン。

やはり見た目はわたがし？　だけど中身がコンのままというのは大きいのかもしれない。

思った以上にコンも疲れていた様子だったし、慣れない変化というのもある。

そうなるとコンがわたがしほどの速度を出せないのは当然だった。

『ぐぬぬっ、ま、負けないのじゃ!!』

コンは気合いを入れるとほぼ全力で走り出していた。

――そういえばコンって集落の場所、わかってるのかな？

僕自身も風邪でほとんど意識がなかったために、あまりはっきりした場所は覚えていない。

それでもぼんやりとした場所でよかったら把握はしていた。

でも、コンはそういうわけではないだろう。

既に走り出しているのでわかってるとは思うのだけど、一抹の不安は隠しきれなかった。


『あ、あれっ？　ここはどこじゃ？』

しばらくすると、なぜか僕たちは元いた村へと戻ってきていた。

「なんじゃ、戻ってきたのか。やっぱり休んでいくか？」

どうやら先生は僕たちのことを見送った後も、しばらく村の外を眺めていたらしい。

『そ、そんなことあるわけないのじゃ。そ、それよりも今度こそ帰るのじゃ！』

コンは慌てて走り出す。

既に空は漆黒に包まれており、月が出ている。

その光が、僕たちの向かっている方位を教えてくれていた。

もちろんコンはそれに気づいていない様子だったが。

——確か集落から北東の方角に走ってたような気がするから……。

風邪でうろ覚えの記憶を引っ張り出す。

それと月の方角からなんとなく大雑把（おおざっぱ）な位置だけは把握する。

「あー（あっちだよ）」

コンの毛を掴んで腕で場所を示す。

『あっちに行きたいのかえ？　……仕方ないのじゃ』

コンは僕が示した方へと向かって行く。


どうやらコンはそこそこ方向音痴らしい。

僕が方角を示していないと、全く違った方向へと進もうとしてしまう始末である。

慌てて僕がコンを引っぱって向きを修正していた。

そんな長時間経った覚えはないのだけど、遠くの空は朝焼けのような赤とオレンジに染まっていた。

しばらく走り続けると見慣れた姿が目に留まる。

「たーたー（あれってたぬきちさんだよね）？」

ぽっこりお腹の柔らかそうなクッション。

何度もそこで眠ってきた僕は、たぬきちさん鑑定一級を自称できるほどに、見ただけでわかるまでになっていた。

『様子が変じゃないか？』

コンの言うとおり、たぬきちさんは仰向けになって動いていない。

夜だから眠っているだけ、といえばおかしくないのかもしれないけど、ここはまだ集落でもなければ村からもそれなりに距離が離れている。

こんな場所で眠っている理由は何一つないのだった。

更に暗くてよく見えないのだけど、たぬきちさんの体に何か液体のようなものがついている。

「あー！（コン）」

『とにかく近づいてみるのじゃ！』

コンがゆっくり近づくがたぬきちさんはまるで反応を見せない。

『こ、これは……』

近づいたらよくわかる。

たぬきちさんについていた液体、それは紛れもなくたぬきちさん自身の血だった。

——ど、どうしてこんなことに!?

どうやら僕たちを迎えにこられなかったのも、たぬきちさん自身が怪我をしてしまったからのようだ。

『き、きみは……』

『喋るでない。今治療を……』

『だ、大丈夫だよ。このくらいかすり傷……、少し休めば元に戻るよ……』

いつもの間延びした口調ではない。本当に余裕がないのだとよくわかる。

『と、とりあえず何があったのか、話すのじゃ』

『わ、わかったよ……。君たちの返事を聞こうとあの村に向かおうとしたとき、あいつが襲ってきたんだよ……』

『あ、あいつ?』

『魔王軍四天王の大悪魔、ルシフェルだよ……』

コンが驚きのあまり口をぽっかり開けていた。

一方の僕は、相手がどのくらい強いのかさっぱりわからなくてぼんやりと聞いている。

『みんなは話し合いで何とかしようとしたんだけど、あのルシフェルが一方的にみんなを襲って、それからは……』

たぬきちさんが朝焼けみたいな方に視線を移す。

——も、もしかして……。

僕は急に嫌な予感がした。

そして、それが勘違いでないということをたぬきちさんが言うのだった。

『ルシフェルは僕たちの集落に火を放ったんだよ……。みんな必死に抵抗をしたのだけど、全員返り討ちにあって……』

それはもしかしてわたがしやポニーも……？

僕の顔はすっかり青ざめていた。そしてそれはコンも同じだった。

『み、みんなは無事なのかえ？』

コンの言葉にたぬきちさんは沈黙で返す。

『そ、そんな……』

『と、とにかく僕が、君たちが戻ってこないように言おうと……』

「だー（ダメ。みんなを助けないと）」

絶望している暇はない。

僕は覚悟を決めるとコンを叩いてやる気を出させる。

『そ、そうなのじゃ。みんなを助けに行くのじゃ』

『だ、ダメだよ……。僕たちが行っても何もできないよ……』

たぬきちさんが必死に首を横に振っていたけど、僕はにっこり微笑む。

——何ができるかわからないけど、みんな僕を守ってくれてるのだから、僕もみんなを守らないと！

『わ、わかったよ……、その代わり僕も行くよ……。もし危険なら僕は君だけを逃がすからね』

たぬきちさんが僕の顔をジッと見る。

だから僕は視線を外さずに頷き返すのだった。


それから僕たちは、誰も話さないまま赤く輝く集落へと向かった。

燃える木々。

集落で暮らしていた動物たちが至るところで倒れている。

その様子を見て僕はギュッと唇を噛んでいた。

——どうしてこんなことを!? 僕たちが一体何をしたの！

怒りを露わにするが、僕に力がなく何もできないことも事実だった。

『い、急いでみんなを運ぶのじゃ！』

『あ、あいつはいないね……』

たぬきちさんはしきりに周囲を見回している。

すると、突然巨大な白いわたもこが木々を倒して飛んでくる。

その姿は満身創痍で至る所に傷ができていた。

よくよく見ると、奥には倒れているポニーやねこさんの姿があった。

そして、たぬきちさんの話にあった大悪魔ルシフェルと思われる男の姿も見える。

黒いコウモリのような羽が生えており、頭には捻れた二本の角を持っていることを除けば普通に人のようにも見える。

『くくくっ、この程度ですね。所詮は犬ですか』

『わ、我はフェンリルだぁぁ！！』

すでに碌に意識がないのかもしれない。

わたがしはその巨体でまっすぐルシフェルに突っ込んでいく。

でも、悪魔は全く躱す素振りを見せずに片手でその突進を受け止めていた。

『わんこの間違いではないですか？　犬は犬らしく大人しくしているといいですよ』

わたがしはそのまま殴り飛ばされて僕の方へとくる。

『お、お前、ど、どうしてここに……。に、逃げ……』

『くっくっくっ、そちらから来ていただけるとは好都合ですね』

ゆっくりと近づいてくるルシフェルに僕の体は強張っていた。

今まで散々僕のことを守ってくれたわたがし。

今度は僕が守らないと。

ハイハイでわたがしの前に移動すると、ゆっくり地面に手を突いてヨタヨタしながらも立ち上がる。

『お、おまえ……、立てたのか……』

初めて立ったその姿にわたがしは大きく目を見開いていた。

「わ、わぅわぅ!!（わたがしは僕が守る）」

何もできないことはわかっていた。

それでもふらつく足取りのまま、僕は全身で、わたがしを守るように両手を広げた。

すると、その瞬間に急に力が抜けていく。

おそらく初めて立つなんて無茶なことをしたので、体力が尽きてしまったのだろう。

——こ、こんなところでまた僕は……。
わたがしを守れなかったことを悔やみながら、その場に倒れていく。
そんな僕の体を白く発光した巨大なもこもこが受け止めてくれていた。
——わたがし？　ううん、わたがしは光ったりはしなかったはず……。
見たこともない誰かの心安まる光に、僕はそのまま意識を失うのだった。

閑話　最強種フェンリル

——おそらくあの子はあの村に住むことを選ぶだろうな。

わたがしは暗い表情のまま、集落に戻ってきていた。

もちろんあの子が無事なのは嬉しい。嬉しいのだけど、この約一年間ずっと一緒に居たのだ。

そんな我が子を手放すのだ。胸が苦しくならないはずがない。

とはいえ、あの子の幸せを考えると、この集落で暮らすよりも同じ人の種族と暮らす方がいい。それで時折我らが姿を見せるくらいの方がいい。

頭ではわかっているのだけど、心がそれを拒んでいた。

本当はずっと一緒に居たい。

きっかけは犬神様に頼まれたからだったが、それでもあの子をここまで育ててきたのは我なのだから。

自分の気持ちとあの子の気持ちを天秤（てんびん）に載せ、自分の気持ちを押し殺す。

――我がこの集落の長。そんな我がわがままを言ってはいけない。

全てはあの子が幸せに過ごすために。

老人はあの子のことを悪いように扱わないだろう。

なにせあの子を見る目が、ここのみんなと同じだったから……。

『ふぅ……、これで我の仕事も終わり……か』

一足先に集落へと戻ってきたわたがし。

また明日、顔だけ出すとはいえ今日はこの集落で過ごしたかったのだ。

『あ、あの子はどうなったの!?』

集落に戻ってきたわたがしに対して、ポニーが慌てた様子で聞いてくる。

『あの病気ならもう大丈夫だ。人の医者に診せたら人間だとよくある病気らしい』

『そ、そうなんですね。よかった……』

本気で心配した様子を見せるポニー。

そんな彼女にあの子のことを伝えるのは気が引ける。でも、あの子のことを考えるならわかってくれるはず。

『それで、そこの医者があの子を引き取ってくれると言ってるんだ』

ポニーは笑顔のまま固まる。

『ま、まさか、それって……』

『あぁ、あの子のことを考えると人の世界へ帰す方が良いと思うんだ』

『……あなたはそれでいいの？』

ポニーがのぞき込むように見てくる。

言いたいことはよくわかる。それでも――。

『もちろんだ。あの子の幸せが我らの幸せだからな』

『ふぅ……、それなら私からは特に言うことはないわね』

ポニーは呆れ顔で言う。

『でも、ここに集まったみんなはどうするの？』

『それは……、あいつにも一度話をしないとな』

自分とはあまり相性が良くないけど、それでもあの子のために最初期から頑張ってくれたあいつ。

思えばこれだけここのメンツを集めてくれて、あの子を寂しくさせなかったのもあいつがいたからこそだったな。

『呼んできましょうか？』

『いや、我が直接会いに行く』

『そう、ならついて行くわ』

ポニーは何か言うわけでもなく、自然とわたがしの後ろをついてくる。

いつもは一匹狼を気取っているねこさんだが、あの子がいない間は落ち着かない様子でそわそわとしていた。

その場をグルグルと回ったり、唐突に爪を研いだり、なんとなく周囲の気配を探ったり……。

だからこそいち早く、わたがしたちの気配に気づいたのだった。

『何をしに来た？』

『あの子のことだ』

『っ⁉』

ねこさんは思わず息を呑む。

でも、自分から進んで聞きに行くわけではなくどこか素っ気ない態度を取っていた。

『そ、それで無事だったのか？』

『あぁ、人間の医者に診てもらった。もう大丈夫だ』

『そうか……』

素っ気ないながらも、言葉の端々からホッとしたことが伝わってくる。
『でも、ここに戻ってきてないということは……置いてきたのか？』
『あぁ、理由はわかるよな？』
『……それでよかったのか？』
ねこさんは鋭い視線をわたがしに向ける。
『あの子のためを思えば、だ』
『俺様なら絶対に離さないがな。ところで……』
ねこさんが尻尾を逆立たせ、何もない空間を威嚇する。
『あんな奴、集落にいたか？』
ねこさんに言われて、わたがしは何もない空間に意識を向ける。
隠蔽されていて意識を集中しないとわからないが、確かにそこに何かの気配があった。
――魔物……？　いや、違うな。これは――。
『魔族だな？』
ねこさんのその言葉と同時に、何もない空間から悪魔が現れる。
『よくわかりましたね。これでも気配を隠すのには自信があったのですが』
『ふっ、白虎である俺様にそんなちゃちな隠蔽が通じると思うのか』

『おや、あなたが白虎？　ただの猫の間違いでしょう』

『誰が猫だ!!』

ねこさんが威圧を放つが、悪魔は涼しげな表情を見せていた。

『この程度で最強種を名乗るとは笑わせてくれますね』

そう言うと、悪魔も同じく威圧を放つ。

ねこさんのそれとは比べものにならない威力で。

『ぐっ……』

『この程度で怯みますか。やはりただの猫のようですね』

『お前、一体何者だ？』

言葉を発せられないねこさんに代わり、わたがしが聞く。

『少しはマシなお方もいるのですね。犬ころには違いないですが。まぁいいでしょう。私は魔王軍四天王、大悪魔のルシフェルにございます』

恭しく頭を下げてくる。

――魔王軍の四天王!?　どうしてそんな奴がこの集落に!?

『それで四天王の方がどうしてこちらに？』

相手はかなりの力を持っている。それがわかるからこそ、なるべく争いにならないように言葉を選ぶ。

『ここに神獣使いがいるとお聞きしまして』

――やはり目的はあの子か……。ちょうどこの集落を離れているタイミングでよかった。

わたがしは口を一文字に閉じていた。

『そんな奴はいない！』

ねこさんが声を荒らげる。

ただそれは悪手である。わざわざ声を荒らげたと言うことは、少なくともその神獣使いについて知っている、ということでもあった。

『なるほど。それで今はどこにいるのですか？』

ルシフェルもここにあの子がいることと、今はいないことまで察してしまったようだ。

『……それを言うとでも？』

わたがしは臨戦態勢を取っていた。

『なら言いたくなるようにして差し上げましょう』

ルシフェルはわたがしに向けて手のひらを出す。

わたがしは自身が持つ最速のスピードで、そのまま巨体を生かした体当たりをする。

あの子の力でかなり速度が上がっているはずだ。

そんじょそこらの相手にこの速度を見切れるはずがない。
しかし、ルシフェルはしっかりと目でわたがしの動きを追っていた。
そして、あっさり体当たりを片手で受け止めてしまう。
『やると思っていましたが、ただの犬だったようですね』
そう言うとルシフェルはわたがしを殴りつける。
すごい勢いで吹き飛ばされ、わたがしは一瞬のうちに意識を刈られていた。

しばらくしてようやく意識を取り戻したわたがし。
『ど、どうなった!?　あの悪魔は!?』
周りを見回す。
ただ、そんなことをしなくても臭いでおおよそ把握はしていた。
していたのだが、脳が理解することを拒んでいた。
燃える集落。
ここで暮らすものたちの、ほとんど全員が倒れている。
もちろんねこさんやポニーも……。
『くくっ、この程度なのですね。所詮は犬ころですか』

『わ、我はフェンリルだぁぁぁー!!』
怒りを露わにして再びルシフェルに突っ込む。
もちろん勝てないことはわかっていた。
でも、このままこいつを放っておくと、いずれあの子を襲うことは容易に想像が付く。
――そんなことはさせない！
ただそれだけを考えて持てる力を尽くしていた。
しかし、それもむなしくルシフェルはあっさりわたがしを受け止めていた。
『わんこの間違いではないですか？　犬は犬らしく大人しくしているといいですよ』
わたがしは再び飛ばされる。
ただそこで予想外の人物がいた。
――医者に預けたはずのあの子がこの集落に!?
『お、お前、ど、どうしてここに……。に、逃げ……』
わたがしは焦りから怒声をあげる。
『くっくっくっ、そちらから来ていただけるとは好都合ですね』
ルシフェルがゆっくりとあの子に近づいていく。
でも、わたがしはまるで体が動かない。

今回は意識を保てただけでも上出来なのだから。

——は、早く逃げてくれ！

わたがしの思いはむなしく、あの子がハイハイで近づいてくる。

更にルシフェルとの間に割って入り、ヨタヨタと立ち上がる。

ハイハイするのや座り込むのは見たことがあったが、立ち上がった姿は初めて見た。

『お、おまえ……、立てたのか……』

「わ、わぅわぅ!!」

何を言っているのかわからないが、雰囲気から何をしようとしているのかわかる。

——我を守ってくれようとしているのか？

本当ならば自分が守らなければいけないのに……。

それが悔しくてやるせなくて、でも、あの子が自分を守ってくれるのなら自分もあの子を守らないと。

それこそ、あの子を守るために名乗った最強種フェンリルのように……。

そう強く決意した瞬間にわたがしの体が輝きを増していく。

——な、なんだ、これは……。力が……。

突然信じられないほどに力が湧いてくる。

それは、今までこの子からもらっていた力とは比べものにならないほどに……。

——も、もしかして、今までこの子からもらっていたと思っていたものは能力のかけら？

いや、かけらにも満たないほどのものだったのか？

姿自体は変わっていない。ただ、体から迸る魔力のオーラが今までの比ではない。

魔力によってわたがしの毛は逆立ち、光を帯びている。

無意識に発せられる魔力は、まるで逆巻く風のように周囲のものを吹き飛ばしていた。

もはや目の前にいる大悪魔にすら、負ける想像ができない。

それこそ魔王にも余裕で勝てるのではないだろうか、という力を得てわたがしは笑みを浮かべる。

ルシフェルはわたがしの魔力を感じて、焦りを見せていた。

『そ、その魔力、一体!? いや、魔力だけ高くても所詮は犬ころの付け焼き刃。私に勝てるはずが——』

『誰が犬ころだぁぁぁ!! 我は最強のフェンリルだ!!』

わたがしが咆哮をあげる。

ただそれだけだったのだが、魂からの叫びに上がった魔力が乗ることで、周囲を薙ぎ倒す衝撃波を放っていた。

それをまともに受けたルシフェルは全力で防御し、なんとか攻撃に耐えていたのだが——。

『ぐ、ぐおぉぉぉ。こ、こんなところで四天王たるこの私がぁぁぁ……』

その攻撃に耐えきれずに星空の彼方へと飛ばされるのだった。

ただ、わたがしとしてはまるで攻撃したつもりはなく、ただ吠えただけである。

だからこそ、それだけでルシフェルを倒せるなどと全く思っていなくて……。

『今必殺の……』

わたがしは口の奥に魔力を込めると、そのままルシフェルに対して口から光線を放とうとして……。

『あ、あれっ？　あの悪魔は？』

わたがしはぽっかり口を開けていた。

すると満身創痍のポニーが近づいてきて……。

『もうとっくに吹き飛んでいったわよ！』

『えっ!?』

わたがしは呆然と周りを見る。

そこでようやくルシフェルがもう目の前にいないことに気づく。

『わ、我はなにもしていないぞ……』
『この惨状で何もしていないと言えるのかしら？』
周りの木々は先ほどの咆哮によって倒れており、立っている木がまともにない。
まるで隕石でも降ってきたかのように……。
『これを一体誰が!?』
『あなたに決まってるでしょ!!』
『うっ……』
わたがしが言葉を詰まらせる。
ただ、わたがしの口内に込められた魔力はそのままだった。
『そろそろその魔力を抑えてくれないかしら？　このままだと爆発しそうよ』
『……んだ？』
『えっ？』
『どうやったらこの魔力、解除できるんだ？』
わたがしの魔力は更に大きくなっていく。
それを止める手段がなく、わたがしは涙ながらにポニーに助けを求める。
『ちょっ!?　そんなもの、どうにかできると……』

『お、お前がユニコーンならできるんじゃないのか!?』

『そ、そんなわけ……』

ポニーはチラッと視線を眠っているあの子に向ける。

『俺もあの子から力をもらった。お前ももらってるんじゃないのか?』

『私は……』

見た目は変わった様子はない。

でも、わたがしの力が跳ね上がった際に自分も立ち上がることができたのは事実である。

もしそれがこの子の力なら……。

『試してみるわ』

ポニーは、触れただけで爆発しそうなわたがしをアホ毛で突く。

すると、わたがしの魔力がアホ毛に吸い寄せられていく。

『おっ、良い感じだ』

『うん、行けそうね。でも、この魔力をどうしたら……』

『例えば集落のみんなを治すのに使うとか……?』

『そんなことできるはずが……、ううん、きっとできるわね』

一瞬口を閉ざすポニーだが、すぐに考えを改め、集落のみんなを治療しようと目を閉じ祈る。

　すると、角に溜められた魔力が集落全体を覆い、みんなを癒やしていく。

　その結果、木々の被害以外は元通りになっていた。

『ほ、本当にできた……』

『ははは、これならいくら魔力を使っても問題なささうだな』

　わたがしが笑っていると、ポニーがガシガシと蹴りを入れるのだった。

『痛い。痛いぞ』

『あなたが馬鹿なことを言ってるからでしょ!?』

『いや、おかしいことではないだろう？　あの悪魔も倒した訳じゃないんだぞ？　次に襲ってきたときに全力が出せないと困るだろ？』

『それは……そうだけど、また同じことができるの？』

『当然だ。我こそは真なるフェンリルだぞ？』

　わたがしが高笑いをする姿を見て、ポニーは思わずため息を吐くのだった。

エピローグ

――わたがしやみんな、大丈夫かな……。
次第に意識が戻ってきて、柔らかい光に包まれる。
どうやら僕は殺されずに済んだようだった。
でも、あれだけみんな怪我をしてたから、助からない子も出てくるよね。
それがすごく悲しくて、悔しくて、もっと自分に力があれば……と後悔してしまう。
とはいえ、まだ戦いの途中なのだろう。
ガシガシと何かを蹴る音が聞こえる。
『痛い。痛いぞ』
それに伴ってわたがしの声も聞こえてくる。
もしかして、身を挺して僕を守ってくれているのかもしれない。
意識を失う最後の最後、チラッと見えた光り輝くわたがし。
その姿はまさに初めて会ったときに告げられた、〝フェンリル〟そのものに見えた。

——もしかして、わたがしは本当にフェンリル？

とはいえ、そんなわたがしも一方的にあの悪魔にやられていた。

そうなると単独では厳しい相手ということに。

——ぼ、僕もできることをしないと……。

覚悟を決めると僕はゆっくり目を開ける。

すると、そこにいたのは一切怪我のない集落の動物たち、毛玉のように丸まって身を守るわたがし、そんなわたがしを蹴っているポニー、といういつもの光景であった。

唯一違う点は周りの木々が倒されていることくらい。

『全く、もう少し加減をしなさいよ！　これだけ木を倒してどうやって暮らしていくのよ！』

『痛い。わかったから。次から気をつけるから』

『あのー、その子、起きてるよー？』

僕の隣に居たたぬきちさんがのんびり口調で言う。

満身創痍だったはずのたぬきちさんも体に一つも怪我はなく、健康体そのものである。

——あ、あれっ？　ど、どういうこと？

先ほどまで悪魔と戦っていたのが夢みたいにそんな気配がまるでなかった。

「なー？（なにがあったの）」

『おっ、起きたのか!?』
わたがしがすごい勢いで近づいてくる。
その様子を見てポニーはため息を吐いていた。
『まったく、仕方ないわね』
『ふふふっ、やはり我が真なるフェンリルであったな!』
意味深に溜めて言う。
その姿はいつも通りのわたがしだった。
『わーわー』
『だからわんわんではない!! フェンリルだ!!』
わたがしは頬を膨らませている。
その姿をみてポニーは笑っている。
やっぱり悪魔が襲ってきたなんて夢だったんだね。
とはいえ、周りの倒れている木々を見ていたらここで何かあったようにも思える。
僕がキョロキョロと周りを見ていると、事情を察したのかポニーが教えてくれる。
『実はこの木はね、そいつがやたら転がって倒して回ったの』
『そ、そんなこと、我がするはずな……』

わたがしはポニーに睨まれて小さく丸まる。

『わ、我がやりました……。ごめんなさい』

『そういうことなの。だからさっきは反省を促していたの』

——そっか……。もしかしてわたがしが木を倒している音を聞いて、襲われているなんて夢を見たのかな？　夢でも現実でも、みんな無事でよかった……。

僕はホッと安堵の息を吐いていた。

ただ、わたがしは僕の方に顔を近づけてきて言う。

『そ、それよりもどうして戻ってきたんだ!?　お前はあの村で引き取ってもらって……』

「やー（嫌だよ、僕もみんなと暮らすんだから）」

僕はわたがしにしがみつく。

その仕草にわたがしは大きく目を見開く。

それでもそっと離れる。

『でもお前の幸せを考えると……』

「やー!!」

再び僕はわたがしにしがみつく。

今度は離されないようにギュッと強く。

とはいえ赤ちゃんの力である。

離そうと思えば簡単に離せるだろうけど、わたがしはそれをしなかった。

『……わかった。お前がそう言うのだったら一緒に暮らしていくか』

「あー！」

僕が頷くとわたがしは嬉しそうに顔を背ける。

僕には見えないように目に涙を浮かべているようだった。

するとそんなわたがしをポニーが弄る。

『あらっ？　泣いているのかしら』

『そ、そんなはずないだろ!?　我は最強種フェンリルだぞ！』

『はいはい、そういうことにしましょうね。でも、人の世界へ戻りたくなったらいつでも言ってね。寂しいけどみんなで見送るから』

ポニーは優しく諭すように言ってくる。

そんなポニーも巻き込むように二匹とも抱きしめる。

「ぱぅ……、まぁ……、あーぉ」

精一杯のお礼を言う。

もう僕の中でわたがしは父親、ポニーは母親、とはっきりと思っていたのだから。

　すると、二匹は再び大きく目を見開く。

『き、聞いたか、今!?　我のことをパパと言わなかったか!?』

『それよりも私のことよ。うんうん、私がママよ。ユニコーンママよ』

『待て、それを言うなら我はフェンリルパパだ！』

　さっきまでしんみりとしていたのはどこに行ったのか、すっかり僕を取り合う二匹。

　仕方なく僕は、もう一度二匹の名前を言うことにした。

「わーわーぱぅぱ……（わたがしパパ）、にーまぁま……（ポニーママ）」

『ちょっと待て!?　我はわんわんではなくてフェンリルパパだぞ』

『ふふふっ、あなたはわんわんで十分ってことなのよ』

『それを言ったらお前だって……』

『私はちゃんとユニコーンママって言ってくれてるわよ。ちょっと長いから全部言えてないみたいだけど』

　――ポニーママって言ってるんだけど。

　とはいえ、二匹の表情は終始笑顔のままだった。

『そ、それならわらわはどうじゃ？　やっぱりお姉様とかになるのか？』

「こー（コン）」

コンはコンだよね。もうそれ以外に考えられないし。

『くっ、まだ何も付けられていないのか』

コンはなぜかガックリと肩を落としていた。

なんか申し訳ないことをしたかな？　ううん、でも無理に取り繕うのもなんだか違うよね。

『それなら僕はどうかなー？』

「たー（たぬきちさん）」

『そうだよー。タヌキさんだよー』

たぬきちさんは僕の言ったことを怒らずに、むしろ笑顔で頭を撫でながら同意してくれる。

その優しい笑みに僕はどこかホッとする。

それもつかの間、集落の動物たちが次々と、全員僕のところに名前を聞きに来る。

『俺様はどうだ!?　白虎らしく格好いい俺様なら……』

「にゃーにゃー」

『うぐっ……』

ねこさんはがっくり肩を落として落ち込んでいた。

でも、虎というより本当に見た目が猫だから仕方ないよね。

せめて虎の着ぐるみでも着てくれるとまた変わってくるのだろうけど……。

『ははは っ、やはり獅子王たる我が……』

「わんわん」

『ぐぬっ、獅子……』

『ちょっと待て。我よりわんわんの言い方が鮮明じゃないか!? どういうことだ!』

わたがしがなぜかちょっと嫉妬してくる。

もちろんわたがしはわたがしだし、わんこはわんこ。

僕の中ではきっぱりと分けているのに、二匹はそんな些細なことで言い争いを始めていた。

『こけー、やはりここはフェニックスたる……』

なぜか日焼けしたように羽が焦げているニワトリさん。それが気に入っているのか、以前からその姿のままだった。

「こーこー」

『な、なぜだ……』

『ふふふっ、やはり最強のドラゴンたるこの我の出番のようだな』

「とー」

『ほれっ、この子もよくわかっている。ドラゴンと言ってくれたようだ』

『どうみてもトカゲでしょ』

ポニーが口を尖らせながら言うが、そんなことお構いなしにトカゲさんは大喜びでその辺を駆け回っていた。


結局僕はみんなの名前を言い続ける羽目になった。

その反応は千差万別で、自分が言ってほしい名前で言われたもの（勘違いも含む）は大喜び。その反面、言われなかったものはガックリと肩を落としている。

ただ、僕の方はさすがにモフモフたち全員となると疲れてしまい、そのまま眠りにつきたくなる。

——あっ、でも、僕たちの家も壊れてしまったんだよね？

わたがしのうっかりが原因とはいえ少し残念な気持ちになる。

僕が少し悲しい表情をしていると、寄ってきたおーくさんが言う。

『あの家は死守した。俺たちの宝だからな』

そう言われ、連れて行かれると確かにそこにはやや焦げているものの以前と何も変わらない家があった。
――何で焦げてるんだろう？
そんな疑問は浮かぶものの今はこの家が無事なことを喜ぼう。
――みんな、ありがとう。
中々大変ではあるもののみんなとの楽しい生活。
こんな生活がいつまでも続いてくれるといいな。
そんなことを思いながら僕は眠りにつくのだった――。

前日談　初めての出会い

わたがしが赤ちゃんを拾う数日前。

まだ名前が無かった白い毛玉は森の中を駆け巡っていた。

『全く、神を名乗るのなら詳しい場所まで教えてくれ』

事の発端は昨夜だった。

月明かりに照らされた深夜。

高いびきをかきながら大量の肉を食べる夢を見ていたのだが、そんなときに突然頭の中にうるさい声が響く。

『そこの毛玉よ。私の声が聞こえていますか？』

『聞きたくないし聞こえない』

こういう優しく諭してくるような相手に良い奴はいない。どこぞのウマがやたらと自分にちょっかいをかけてくるのと同じだ。

しかも、夢枕にまで現れる相手。

怪しさしか感じられない。

しかし、そんな様子は気にすることなく脳内の声はさらに言葉を続けていた。

『私はあなた方が犬神と呼ぶ存在です』

どうやら怪しい相手というのは間違いないようだ。

自分を神と呼ぶ奴がまともなはずはない。

そんな相手に貴重な睡眠時間を奪われたかと思うと、苛立ちすら感じてしまう。

『それで犬神とやらが何のようだ』

『送り犬を助けてくれた青年を転生させてこの世界に送り込んだ。心優しき人だ。力になってやって欲しい』

『ちょっ、待て!?　どういうことだ!?　誇り高いフェンリルである我が人を助けろなど……』

『その子は其方を真のフェンリルへと近づけてくれるであろう』

犬神の声は木霊して、次第に小さくなっていく。

『待て！　我の質問に答えていけ！』

大声をあげた瞬間に目を覚ます。

どうやら先程の出来事は夢だったようだ。

しかし、なんとも腑に落ちなかった。

夢ならば捜す必要は無いのだが、どうにも気になり、森の中をひと走りすることにした。

森の中を走っていると小柄な馬とすれ違う。

お節介なうっとおしい奴だ。

『何で走ってるのよ。危ないでしょ』

『お前には関係ないだろう？』

『そうだけど、迷惑なのよ』

ついうっかり木にぶつかり、いくつかは倒してしまっている。

これほどの力が自分にあったのか、と驚きを感じずにはいられない。

『捜しものだ。見つからないことを願っているがな』

『どうして見つからない方がいいの』

『それこそお前に関係ないものだ』

『そう……。何か言ってくれたら私も手伝うわよ』

こういうお節介を焼きたがる奴だ。

とはいえ、広い森の中を一匹で捜すよりは二匹で捜した方が見つかる可能性も上がる。

『……子供だ』

『あなたに子供なんていたのね』

『我の子じゃない！』

『はいはい、分かったわよ。しっかり捜し出してあげるからね』

ろくに話を聞かずに馬は立ち去っていく。

あの様子で本当の捜し物を理解したとは思えないけど、この動物だらけの森に人がいれば流石に気づいてくれるだろう。

残念ながら初日は何の成果も得られなかった。

やっぱり夢は夢なのだろう。

そう思いながらも胸の突っかかりが残るために数日、捜していた。

森を荒らしそうな悪い人間には出会ったが、犬神が話していた「心優しき人」というのはいなかった。

――やはり夢であったか。

そろそろ捜すのを諦めようかと思ったその時に、小さな光の玉のようなものが浮かんでいることに気づく。

そして、ついてこいと言わんばかりにゆっくりとした動きで先に飛んでいく。
——まさかこれが犬神の力？
導かれるように後を追うと大木の根本に隠されるようにクーハンが置かれていた。
そのクーハンの上で光の玉は姿を消す。
どうやら案内したかったのはここのようだ。
クーハンを覗き込むとそこにいたのは愛らしい人間の赤ちゃんだった。
目を点にして驚いている。
——ふふっ、赤子には我が高貴なるフェンリルに見えるようだな。
少し機嫌をよくしながらふと犬神の言葉を思い出す。
あの夢の出来事は現実だったらしい。
それならばこの子を世話することで自分は更に力を増す事ができるようだ。
そもそもこんなところに普通の人の子が捨てられているはずもない。
これも真なるフェンリルになるための試練。
思わずニヤけながら声高に言う。
『我はフェンリルだ！』

あとがき

初めまして。空野進と申します。人によってはスライム先生の方が馴染みがあるかと思います。私もスラ先生と呼ばれることになれてしまっていて、ペンネームで呼ばれると逆に反応出来なくなってきております。

まずは本著書を手に取っていただきありがとうございます。

当作品は担当のNさんと話し合った末に出来たものとなります。

私の元々の作風がショタ系スローライフ等が多いこともあり、ショタ系スローライフをやりませんか、と相談したところ、三歳ぐらいの主人公の作品はそこそこある、という話になり「それならいっそ0歳児でいきましょう」ということからスタートしました。

ちょうど私に子供が生まれる直前だったということもあり、実体験を踏まえた等身大の主人公が書けるのでは、ということも相まっておりました。

執筆期間に子供が生まれたり、子供がインフルにかかったり、上手くずらしたはずの他作業が見事に全部重なってきたり、と今までで一番リアル面が大変だった気がします。

そしてモフモフたちですが、実際に赤ちゃんは喋れないので必死に仕草で意思を伝えようとするけど、当然伝わらない。だからこそ、モフモフならではの斜め上の反応を見せられる、というコメディちっくな話にしましょう、とNさんと話し合い彼らが生まれました。

次の問題としてモフモフたちの種族をどうするか、ということもありました。

異世界系のウェブ小説だとやはり定番のフェンリル。でもあまりにも顔なじみ過ぎるので違うものに変えたいと。

そこで生まれたのが自称最強という設定です。

赤ちゃんに対して自分を強く見せようとするモフモフたちの面白おかしくかわいらしい姿。

クスリと笑ってもらえたのなら幸いです。

おそらくは最年少主人公であることを自負しております。0歳児より下の主人公がおりましたら教えてください（笑）。

最後になりますが、当作品を作る上で尽力してくださいました担当のNさん、ＧＣノベルズの皆様。その他当著書に関わる全ての皆様。本当にありがとうございます。

そして、イラストを描いてくださいましたイラストレーターのれんた先生。本当にありがとうございます。

とてもかわいらしいイラストで作風にぴったりの優しい感じに仕上げていただきました。

主人公以外、人に化けれるキャラはいますがほぼ動物というのは中々珍しく大変だったと思います。想像以上のものでとてもありがたかったです。

そして、購入いただきました読者の方々。本当にありがとうございます。

まだまだ主人公の出生の秘密に関しては隠した状態にあります。

それは追々出していく予定となっておりますので、ぜひ次も手に取っていただけるとありがたいです。また2巻でお会いしましょう。

GC NOVELS

転生赤ちゃんの愛されモフモフ山暮らし 1

2025年4月6日　初版発行

著者　空野進（そらの すすむ）
イラスト　れんた

発行人　子安喜美子
編集　並木愼一郎
装丁　AFTERGLOW
印刷所　株式会社平河工業社
発行　株式会社マイクロマガジン社
https://micromagazine.co.jp/
〒104-0041
東京都中央区新富1-3-7　ヨドコウビル
TEL 03-3206-1641 FAX 03-3551-1208(営業部)
TEL 03-3551-9563 FAX 03-3551-9565(編集部)

ISBN978-4-86716-741-0 C0093

ファンレター、作品のご感想をお待ちしています!

宛先　〒104-0041　東京都中央区新富1-3-7　ヨドコウビル
株式会社マイクロマガジン社　GCノベルズ編集部　「空野進先生」係　「れんた先生」係

アンケートのお願い

二次元コードまたはURL(https://micromagazine.co.jp/me/)ご利用の上
本書に関するアンケートにご協力ください。

■スマートフォンにも対応しています(一部対応していない機種もあります)。
■サイトへのアクセス、登録・メール送信の際にかかる通信費はご負担ください。

みんなおいでよ
モフモフの森へ!

GC NOVELS

ちびころ転生者のモフモフ森暮らし

ジャジャ丸 イラスト／.suke

転生少女の底辺から始める
幸せスローライフ
THE HAPPY, SLOW LIFE OF A REINCARNATED GIRL STARTING FROM THE BOTTOM.
鳥助
イラスト しんいし智歩
1～2巻大好評発売中!

GC NOVELS
GOT A CHANCE
追放された辺境の村で
生産チートのスローライフ！